獨舞黃昏

楊立門 著

（本故事純屬虛構）

目錄

序曲

九龍城——英屬香港
一九六七年六月

平嫂耐不住屋內的悶熱，輕輕地把向大街的窗打開了一線。隨着從窗縫吹進來溫熱的風，她聞到宵禁的大街上，空氣中還有一股催淚彈的酸臭味，讓她感到噁心。剛睡醒的小兒子揉着眼睛走到她身旁。他踮着腳，仰着圓圓的小頭顱，想窺看街上的情況。平嫂估計現在應該沒有即時危險，但作為母親，還是本能地用手護着他的臉，生怕冷不防又有子彈向這邊竄過來。

「媽，為什麼街上沒人呢？爸爸哪兒去了？我肚子餓了。」

平嫂撫摸着他的頭，喉頭哽咽着，沒答話。她望着窗外寂靜得教人心寒的街道，黃昏的斜陽照着地上被警察撕下來的抗議橫幅，還可見到「反對港英法西斯暴行」幾個寫得潦草的大黑字。阿平昨晚離家後就沒回來過，只是鄭重地叮囑她千萬不要帶着孩子上街。阿平無論跟她說什麼，語氣都是那麼平靜，就像是教導他的學生一樣，明知是大難臨頭，也不會察覺他聲線裏有任何異樣。

他們一家子租住這棟三層舊式唐樓的二樓，一個用木板做間隔的小房間。木板夠不到天花，讓這個沒有窗的房間可以透氣。阿平當愛國小學教師的薪水，即使加上妻子在塑料花工廠打工的收入，每到交租的日子仍然感到很吃力。他們目前的最大願望，是能搬進牛頭角下村那幾棟美侖美奐的「廉租屋」。那裏還有抽水馬桶和獨立廚房哩！那次探望有幸搬到那裏的同事，平嫂還是平生第一次見識到。不用在人來人往的大走廊上煮飯，多好，她心想。

這唐樓位於大街的末段彎角處，窗口的座向看不見今早發生騷亂的現場。她昨晚一夜沒睡好，一大清早便聽見街上人聲鼎沸，她伸長了脖子，只能見到多輛警車「嗚嗚、嗚嗚」地開往現場，兩邊小街也衝出多個拿着藤織盾牌的警員，跑着去支援。一陣又一陣的叫囂、呼喝聲傳了過來，警方用擴音器警告着衝擊防線的人。

後來她看見有一股煙霧向她這邊湧過來，很快便有幾個血流披面的工人，一跛一跌地往她這邊逃跑，有兩個被追上來的警員抓着，壓倒在地上，雙手馬上被手銬反鎖在背後，押上了警車。她還認得其中一個是她工廠裏同一條生產線的工友。這工友生得較高大，在大罷工運動裏帶領着幾十人向警察擲石頭和竹枝，這時候，臉上眼角腫了幾塊，面目全非。

接着便是槍聲。短短啞啞的一聲、兩聲。有人大叫，悲聲的呼天搶地。平嫂忙把窗門密實的關上，跌坐在地上，閉起雙眼想像着現場的情況，祈求着老天爺：丈夫千萬不要參加這次暴亂！她安慰着自己：剛才的慘叫聲不會是他的。她聽說過，被抓進警署的，沒幾個有好下場。他在前天那次示威行動中跟警察碰撞了，背和手臂吃了很多下警棍，差點沒暈過去，同工把他扛到診所，那裏的護士卻說，看他的傷勢不太嚴重，一時還輪不到他。於是他晚上獨自蹣跚地走路回家，躺了一整天。但昨夜又有兩個「鬥爭委員會」的人慌慌張張地上來，都是他學校裏的教師同事。他跟他們低聲談了幾句，然後捂着臂上的傷口，又匆匆的跟他們出門去了。

早上的騷動後，到現在已六個小時了。平嫂低頭望着兒子圓睜着的兩眼，久久說不出話來。幾片有餿味的麵包昨晚已吃光了，現在只剩下搪瓷漱口盅內那些微暖的白粥水。她發覺，憤怒原來是很容易被飢餓蓋過的。她現在已忘了憎恨工廠主任那副刻薄的嘴臉，對那些全副武裝、凶神惡煞的警員，和那些帶領着他們的英國人，也再沒感到惱怒——這刻她最想的，就是鄰街的雜貨店還能營業，她還有些零錢可以買到半斤白米。她的工廠上星期已開始發起大罷工，上半月的工資還未發下來，現在勞資雙方鬥得亂哄哄，已很難找門路去討回來了。

但她仍然相信工會。工會的人，最後一定會為她這些受盡壓迫的勞動人民討回公道的！這次工潮讓她醒悟，大廠家們都得到政府的庇護，不然的話，工人們只是要抗衡廠方一些不合理的待遇，警方為何要用上如此強硬的手段來對付他們呢？這是赤裸裸的官商勾結！那些英國人來佔了中國這片地方，不是為了搜刮利益，難道是為香港人好嗎？英國殖民者的心態不難理解。但前線的警員們，難道不是本地的中國人嗎？為何要當英國人的走狗，來欺壓自己的同胞？她五年前偷渡過來的時候，香港就像是個天堂一樣，現在香港和九龍都變成個什麼地方了。

她聽說，前天一個警員被工會一些人放置的炸彈炸死了，這讓她迷惘起來。她一時間不知應否同情那個警員。但她最後還是認為：那是意外啊！誰叫他撿起個寫着「同胞勿近」

的土製炸彈？只好怪他自己倒霉了。

她在東莞老家的姪女來信說，內地的同胞也十分支持香港這次工運，所以香港的同胞一定要挺住。姪女剛加入了紅衛兵，興奮得像是換了一個人似的，用了幾頁信紙，沒完沒了地談她和同組人到廣東省各大小城市去串連的故事。還說她剛有份鬥臭了一個地主和一個實業家，因而獲頒了一個有毛主席頭像的獎章。平嫂不曉得「鬥臭」其實是什麼意思，但聽起來挺嚴重的，所以她希望自己那家工廠的老闆都會有一天被「鬥臭」。

她給兒子餵了些粥水後，腦子裏一片空白，因為她不願想像，若丈夫真的有什麼不測，她的下半生究竟可以怎麼過。她突然想到，若真如此，要麼從這窗口跳下去一了百了，要麼把孩子們帶回老家，投靠舅父和表妹那家人去好了。毛主席是一定會歡迎他們回去的。她的枕旁還有公會派發的一本毛語錄。

想到這本語錄，她記得是常常跟在阿平身後的鄧紅山給她的。他是個廚房學徒，但為人很是成熟穩重，才二十出頭便是工會的副總務。他經常上來和阿平談工會的事，做事挺勤快的。她感覺這個姓鄧的小伙子有時會偷偷的窺看她，被她發現時，他臉上便會飛紅起來。

突如其來地一輪「呯呯」的猛烈敲門聲打斷了她的思潮：「是我，開門！快開門！」是丈夫阿平的聲音！

她一打開門，喘着大氣的丈夫便跌進了她懷內。他低聲向她說：「你們幾個，趕快從後樓梯逃出去！快！」

阿平門也來不及關上，便有三個男人尾隨着他跑了進屋裏來，其中一個較年輕的，瘦削但很精悍，忿然一手把阿平推倒在客廳的地上。他望着阿平的那雙眼，兇得好像兩團火，恨不得馬上把阿平熔掉似的。平嫂進了睡房後開始急忙地收拾細軟，聽見人聲，只敢從門縫窺看。這三個人蓄着短髮，雖然都是穿便裝，但看模樣肯定是警員，前面那兩個的夏威夷襯衫下隱若見到有佩槍。殿後的是個年紀較長的洋人，似乎是帶領着這夥人的。他身穿獵裝和一頂草帽，前面打摺的短褲下，露出一雙長有茸茸金毛的小腿。另外那個略胖的本地警員大力把大門關上，問那個年青的警員：「是他沒錯了吧？」

「就是他！他是周若平，是他害死我大哥的！」年青警員大嚷：「死左仔！」腳下已開始向躺在地上的阿平猛力地踢。

「你們別亂來！」阿平痛得大喊：「我根本沒放過炸彈啊！」

胖警員蹲了下來，一手揪住阿平的頭髮把他的頭狠狠地往地上甩：「周若平，你自己沒放過炸彈，但你在鬥爭委員會中不是負責策劃這一連串行動的嗎？沒你的命令他們會這樣做嗎？」然後左一拳右一拳地打他的臉。「今天早上有兩個無辜的小孩子都給炸死了，你知道嗎？死左仔！」說着又是一拳。

「你說有孩子……」他有點愕然，好像還未聽到有關消息。他的一顆牙給打脫了，口裏滿是血，他只能含糊地呻吟：「你們這……這是私刑……我要告發……我認得你們！」阿平這時已被打得神志不清。

一直冷靜地看着兩個手下行動的洋警官，這時開腔了，說的是帶有很重口音的廣東話，但阿平每個字都聽得很清楚：「如果你突然消失了，那你認得我們也沒用吧。Go and join Karl Marx in his fucking hell!」他給年輕警員一個眼色，年輕警員便馬上騎在阿平的身上，雙手掐住他的脖子。躲在房門後嚇得渾身發抖的平嫂，這時也顧不了那麼多，從房間衝了出來，發了狠地一把摟着那年輕警員。她個子不大，年青警員一腳踹開她，她整個飛了起來，跌撞在對面的牆角上，額角上馬上滲出了血。

一直躲在房門後的男孩看着已一動不動的父親，和在牆角掙扎着的母親，看得呆了眼，這時候他不禁「哇」一聲地哭了起來。他跑過來想扶起母親，但被年輕警員一腳踢走，哭得更大聲了。平嫂嘴角淌着血，用盡力爬起來，但最後還是昏了過去。

平嫂甦醒過來時，兒子已伏在她身上睡着了。她始終看不見那幾個便衣警察，後來是怎樣把丈夫的屍體扛走了的。這時暮色四合，在宵禁的大街上，兩名警員把一個身上帶傷的屍體搬進警車送走，根本沒有人會覺得有什麼不尋常的地方。

那幾個警員的樣子和聲音，已深深烙在平嫂的腦海裏。在往後的一生中，她費了很大的努力，但再也無法找上他們任何一個了。

1 天台的夜風

九龍城——香港特別行政區
二〇一六年十二月十日，星期日，凌晨

這棟沒有什麼大廈管理可言的舊式住宅樓，住戶的家居廢物都是晚上放在大門口，由一名清潔公司的老嫗來收集的。樓梯的照明很不足，經常有些道友和販毒的人匿藏。二樓至四樓的照明可不是問題，因為這裏的單位都被改裝成為多個面積很小的獨立個室，是一些所謂「一樓一鳳」的淫窟，每個單位門口都有粉紅或粉黃色的燈，讓客人清楚看見貼在門上的各式服務價目表。

容少明踮着腳跨過一包又一包的垃圾，閃避着被他驚動了的蟑螂，閉着氣一直走到天台。七十多歲的老爸睡在雙層牀的下層，今晚喝得爛醉，不然他見到兒子這個時間走出大

門，一定會覺得奇怪，因為這個典型的「宅男」兒子，除了上學之外，基本上整天都是在房間對着電腦生活，足不出戶的。他從來不明白，正常的中學生一部電腦已經夠用了，兒子為何要三部一起用。一般的「宅男」都會在網絡玩遊戲，或看色情網站，但他從未見過兒子看這些東西，通常只會看着一大堆文字或圖表，手指飛快地在鍵盤上躍動。有時又會戴着大大一個耳機，不知和誰在談話。老爸納悶：他不是說語文科不及格嗎？看他在電腦上書寫着中英文，還是挺流利的。

這種大廈因為沒有任何保安，八樓的天台誰都可以上來。上次那個帶着口罩的高瘦男子要送十萬元給少明那幫人，少明也是約他到這個天台的。這種錢一定要現金交收，不能經過銀行轉賬。

這晚，男人用他們獨有的內聯網通知少明，說又有一筆錢可以交給他，凌晨一時天台等。少明推開天台那扇搖搖晃晃的鐵門時，男人已在貯水缸旁，黑夜裏還是戴着口罩和運動帽。他身邊的天台圍欄只有約一米半高，俯身可以望見下面是條黑漆漆的後巷。帽子蓋不住的頭髮尾，在夜風飄揚着。

眼前這個人曾對他說，他的組織很認同少明他們那幫人的信念。少明有理由相信他，因為他用真金白銀幫助過他們。而且他不似是為警方做事的。但少明心裏還是覺得有點忐忑。畢竟他自知只是個所謂「宅男」的中學生，十八年的生命裏，社會上的人他根本沒接觸過多少個。他對面前這個人的背景一無所知，只知他姓林，聽過他在電話裏說流利的英語。

「林先生，你下次還是把錢直接交給達哥或安琪他們吧，他們到底是領導我們的人。他們起碼是大學生啊。我在他們當中只是個小角色而已。」少明說。

「少明，你不用太謙了。雖然你從不露面，但你有超強的組織能力。你設計的內部通訊系統也真棒啊！我知道警方找過電腦專家，甚至黑客來研究，但也無法進入得了。反而你們卻有方法獲取了不少警方高層的個人電話，他們的行蹤你們都一目了然。」

架着厚厚近視鏡的少明，在黑暗裏不太看得見林先生的臉。他似乎對林先生說的這項工作有點自豪：「嘿，警察都是傻瓜。他們手機的一個晶片程式有不少保安漏洞，只要他們不小心下載了我們的程式，我們便可控制他們的手機操作了。」

「是嗎？他們用的不都是大部分人用的那款嗎？怎麼沒人發覺呢？」

「對呀，早晚會有人知道的。所以我們這些人也要不停製造新法寶。他們自己也僱用了一批國外的 hacker 來對付我們。」

「嗯，他們也不是笨到底，起碼懂得以夷制夷。」姓林的男人說：「你們下一步打算怎樣？」

「這個是策略問題，快要放出來的陸梓敬最清楚。你也可以去問達哥他們，我只負責技術層面的工作。我最近忙着準備文憑考試，只有在電腦上旁聽他們的視像會議。他們應該在籌備明年特首選舉日的行動吧。你這筆錢來得合時，他們想租十幾輛大巴做後勤運輸。我提議過直接用大巴來衝進投票站現場，但有人認為過激了。」他語帶輕蔑的哼了一聲。

「不過，當天我們會在各區佈置不同火力的抗爭，警方便……」

「四處都點起了火頭，所以警方總動員也招架不住了。」林姓男子替他接着說了下去。

「少明，以你的聰明才智，要考文憑試應該不用怎樣溫習吧？」

「你說得不對，我的中英文科都很差。我答應過老爸要考上大學，我很怕不及格。學校的社工想來輔導我，但我一直躲着她。」

「但理科呢？你的數學和 IT 成績一定很好。」

「不是好，而是超好。」他語氣中帶點傲氣：「但我刻意把校內的成績壓低了，因為不想太惹人注目。」

男人在黑暗裏搖了搖頭，輕聲說：「唉，你這樣一個電腦天才……可惜，可惜。」

「可惜什麼？」

「噢，沒什麼。」男人從背包中拿了一個沉甸甸的包裹出來，放在身旁的圍欄上。「這裏有二十萬現金，你過來點點看。」

少明心想沒必要點算，但還是走了過去。他上來時忘記了穿外套，在涼風中有點哆嗦。他沒理由懷疑面前這個人。上月他們和警方對峙了兩個晚上，又是裝甲車，又是催淚彈的，若不是眼前這人的資助，他們根本買不到足夠的防毒面具和補給品。最近少明那幫人還讓他進入了少明設計的內聯網。

少明走到圍欄旁邊。在黑暗中，他看不見男人的雙手是戴着手套的。

就在少明走到男人伸手可及的範圍那刻，男人突然蹲下身子，雙手在少明的足踝位置抄住他的雙腿。少明感到不妥時已經太遲了，因為男人雙足一蹬，便把個子矮小瘦削的少明整個捧了起來。少明來不及驚呼，身子已經被拋了出去。

如果少明在這刻真的感到迷惘、憤怒或恐懼，那感覺最多也只維持兩秒，因為兩秒之後，他已變成後巷中一坨扭曲了的肢體，再沒知覺了。

男人聽見下面的後巷傳來「呯」的一聲悶響後，便不慌不忙地把帶來的包裹放回背包中，調整一下移了位的口罩，把帽子拉下，匆匆離開了這個天台。到達少明住的單位時，他從口袋掏出了一條黑色的金屬棒，在大門閘的匙孔動了幾下，便把鎖開了，他一閃而進，在少明房間的電腦前坐了下來。

果然不出他所料，電腦駭客們都自以為自家電腦最安全，因為根本沒有人知道他們的住處。即使有人要在網上進行反擊，也用不着闖進他家裏來。所以少明剛才外出時並沒有把電腦先關掉，它一直只在睡眠狀態，那男人一碰，便醒過來了。屏幕在黑暗的房間亮出詭異的綠光，照在男人的臉上。他在口罩下咧嘴笑了。

2 添馬的奶茶

「對不起，卓局長，你的手機。」行政長官辦公室會議室門口的守衛向他微微伸出手，禮貌地提醒他。

星期一的早上，下着毫無預兆的傾盆大雨。不少來開「高官例會」的人都遲到了。明明是十二月天，但雨在清晨開始愈下愈大，天文台七時四十分發出了「紅雨」警報。魚貫進入會議室的各位局長和公務員同事們，有幾個面上難掩疲態，但他們都沒忘記先把手機掏出來，存放在門口的貯物格內。最近發生了幾起洩密事件，行政署那邊對保安的要求也提高了。卓律明正想把手機放進貯物格時，手機震動了一下，熒幕上現出一條短訊的標題「It's me!」，旁邊有發信人的電話號，他揉了揉眼睛看清楚，一顆心差點從胸口跳了出來。

是個美國電話的號碼，這個號碼曾幾何時被他不知撥過多少次，但已有差不多十年沒見過它了。他正想打開來看，便遭到保安員的提醒。

他真的很想馬上就打開短訊，但瞥見會議室內，行政長官已在主席位坐了下來，他便無奈地把手機的電源關掉，交了給守衛。但看到短訊後，哪怕只是個電話號碼，他的思緒已經無法正常運作了。他進入會議室時神魂恍惚，腳下被門檻絆倒，幸好大個子的保安局局長陳鎮漢剛好在旁，扶了他一把。他詛咒了那道門檻一下。這座新大樓的保安非常嚴密，這個設在特首私人辦公室內的會議廳有道雙重門，裏面那重門有字典那麼厚，有一道頗高的門檻，密封式地把裏面的所有人鎖得牢牢的。

正方形的會議廳當然沒有窗戶，四圍是厚長的落地布簾，中間放着大圓桌，兩角放有國旗和特區的區旗。十來個特區政府的主要官員圍着圓桌坐，外圍貼着四邊牆也坐滿了行政長官辦公室的人、司長和局長的政務助理們，及一眾新聞官等人。其中有幾個女的，每次見卓律明進來總會偷看幾眼。他不是講究衣著的人，但衣服永遠整齊合身，架在他結實修長的身子上，普通的白襯衫也顯得不普通。他年過五十卻未開始掉髮，今天髮上塗了最近流行的復古髮蠟，貼貼服服地閃着光。

他坐下來，打開了面前的電腦——開會的議程、文件，連同新出爐的各大報章頭條新聞和重要社論，也都掃描載入了電腦內，開會的人再不用像以前那樣，翻看厚厚一疊剪報的複印本。政府的一舉一動，每天都製造大量新聞，同時，這些報道亦會反過來牽着政府的鼻子走。所以除了行政長官的每周例會外，各個政策局自己的「早禱會」都會先看當天出爐的各大報章的報道和社評，就像看成績表一樣，看社會人士對政府的各項措施，有什麼評價。

人還未全部坐定，行政長官已清了清喉嚨，示意坐在對面老遠的當值新聞主任可以開始了。那新聞官每早四時便要爬起牀，極速把當天所有主要報章都看一遍；現在，他以高速讀出重要的幾段報道或評論。行政長官通常會就剛發生的事，請有關局長說一說，若有需要的話，請大家一起討論應採取什麼對策。今天的新聞沒有直接碰着教育的範疇。突如其來的紅雨警報，以往常常造成學生上學的混亂，家長和學校的投訴總是一大堆的。但自從卓律明上場後，教育當局的社會形象改善了不少，制度雖然還是一樣，但在停課安排這種事情上，縱使有不滿，也只會怨天有不測之風雲，很少算到教育局的頭上去。

所以卓律明今早一直在作壁上觀。近月來，本土自決派組織愈發激烈的抗爭行動，已差不多變成每次例會的常設項目，這天的第一條要聞，就是在過去的周末，幾批青少年人野貓式的在數個旅遊區又和內地旅客發生罵戰和肢體碰撞。保安局陳局長說沒上月那次發展成警民衝突那麼嚴重，沒人受傷，扣留了幾個鬧得特別凶的，問了話就放掉。不過這次舉起港英龍獅旗的人明顯比以前多了。陳局長也順帶報告了由副警務處長領導的內部監察小組的進程，但由於工作極度機密，他只會在大會上談些和其他局和署有關的情況，詳情會留在另一個只有他、特首、政務司長、律政司長和警務處長的小範圍會議內討論。

新聞官下面提的要聞，也沒有需要卓律明插口的話題——圖書館職系的人員罷工，民政局長陳薇用帶有鄉音的廣東話回答：部門會繼續和工會磋商，各區受影響的圖書館會有應變措施；一批為數廿多人的行政長官提名委員會的委員，星期六早上被人看見開車進入聯絡辦公室，專門鬧事的民粹派立法會議員蔡正威，昨日於是率眾到那裏示威，抗議中央政府操縱此次選舉。政制事務局局長這天休假，代他的副局長結結巴巴地回應了兩句了事。

但一談到特首選舉的提名委員，大眾的眼光都不期然往卓律明這邊看。但卓律明當然是若無其事的坐着。他那種喜怒不形於色的表情，正是他的標記。大家也不會在這場合問他的意向。

因為話題都不屬他的範疇，所以他的精神早已開始遊離了。他恨不得現在就散會，去看手機上的那條短訊。他的眼睛不覺遛向坐在對面牆角的女政務官。他對女性的目光很有敏感度，會察覺有誰在留意他，而這個叫 Giselle 的財政司長政務助理，就好像從來沒有留意過他。一次在走廊上碰着她，他善意地一笑，但她只是向他翹了翹嘴角，連一聲「局長」也沒叫，就在他身旁刷過去了。這種女性最能挑起他的興趣。小道消息說，她在外國唸大學時參加過選美，他很好奇想知道，是真的嗎？這也不奇啊，看她在窄身裙子下的那雙長腿，在 AO（政務主任）界中確是不多見。

就在他精神完全鬆懈的狀態下，他聽到新聞主任唸出：「最後一則新聞，一名就讀聖彼德書院中六年級的十八歲男學生，懷疑因為功課壓力和精神問題，星期日凌晨三時被發現在九龍城的寓所墮樓身亡。雖然沒有遺書，但根據學校社工的紀錄，死者有輕度自閉症，最近還有抑鬱癥狀。警方初步認為死因無可疑。」

特首馬上望向卓律明：「唉，這都是第幾宗了？我記得上星期才死了一個大專女生。我們的青年人為何就這樣脆弱？我們那個年代的學生，要經過升中試、中學會考和高級程度會考才能進大學，也不見有人會自殺。現在的課程也沒以前死板了，但畢竟壓力還是很大。」有幾個局長交換了眼色，他們都知道這位第四屆特區政府的行政長官是個白手興家的商家，亦從未上過大學。他向卓律明說：「Cliff，你看你需要出來說幾句嗎？」

卓律明的魂魄很快便歸位了。他緩緩地把玳瑁框眼鏡摘了下來：「我看最好不要說太多。冷處理最好，反正沒迹象顯示不是個別事件。其實媒體也很克制，沒有把這一連串的學生自殺大肆渲染或作大篇幅的報道。年輕人都喜歡模仿，說多了反而會壞事。」

「嗯。那你們繼續留意着吧。」特首一向都很討厭處理教育這一塊。教育界太多「持分者」，老師團體、學校、家長、學生，不同的利益板塊永遠擺不平，而且爆出來的事每件都那麼棘手。前任教育局長幹不了兩年就黯然下了台。特首得到高人指點，物色了卓律明這位前哈佛大學商學院的教授來續任，讓全香港的人眼前為之一亮，被公認是「神來之筆」。卓律明的個人魅力不但把教育局的頹氣洗刷一清，上任三年多，更讓整個特區領導班子的民望一下子跳升了廿多個百分點。

「CE，因應最近的學生自殺潮——也許不應說成是自殺潮——最近幾宗自殺案吧，我們已準備好短期和中期措施。」卓局長不徐不疾的說：「撥給學校的額外資金快到位了，每所學校，包括中小學，都可聘請一名有相關經驗的社工駐校，以識別所有屬於高危類型的學生。校長可自由決定拿不拿這筆資金。中期來說，我請中學校長會成立的監察小組也快要作出報告了，建議會包括在課程裏加入促進精神健康的元素，和建立一個醫療、教育及社會服務界別的跨專業平台……詳細的我以後再說。」

「好的。」行政長官點着頭道。Cliff 辦事總是讓他很放心。「額外資源是長期的嗎？」

「哪會有這麼理想呢？一筆過的，為期兩年。」卓律明斜瞟了財政司長羅高曼盈 Stella 一眼：「現在是財政年度中期，向 Stella 拿額外的 recurrent funding 真的沒可能啊！」

坐在行政長官旁，穩如一座大山般的羅高曼盈，略為俯前了她有點富泰的身子，冷冷的向卓律明說：「看來 Cliff 加入政府不久，對政府行之有效的理財哲學已經很了解了。年初給每個局長的財政封套（envelope），應該還有些剩餘吧？而且教育的封套最大，比衞生和社福還要大，裏面百多個分目，我相信以教育局同事們的才智，隨便從哪一個分目都可以挪動一些錢出來的。」她頓了一頓，然後說：「Cliff，看來你趁年底之前還可有錢推出更多增加你民望的措施哩！」

卓律明裝作沒聽懂她最後那句話的意思。他望也沒望她一眼，便從口袋裏掏出了手帕，慢慢動作地抹拭着手上的眼鏡。會議室出現了十秒鐘的寂靜。

第五屆的行政長官在明年三月才會選出，但社會上的議論自今年年初已經開始沸騰起來了。隨着時間推移，各個疑似參選者對同一條問題——你會參選嗎？——都開始前言不對後語，用了不同的方式回答；而中央人員一些本來很尋常的講話，配合了某種語氣或眼神，會變得不尋常，傳媒和論者便會爭相解讀，或者過分解讀。誰當上特首，當然是整個特區的大事，但影響最直接的，莫過於政府的高層官員，特別是有兩個熱門的參選人，正在他們當中。

AO出身的羅高曼盈，在公務員的財經系統（即負責庫務、金融、貿易和商務的幾個政策局）一直扶搖直上，升到副秘書長時毅然離開政府，投身投資銀行，打拚十年後成為一家老牌英資銀行在香港的第二號人物。她之後還嫁入了羅家，一個百多年前發迹的本地老牌大家族。四年前特首獲選連任時請她出任財政司長，社會上都認為是很能服眾的選擇。她也不負眾望，把政府的財政管理得井井有條，只是年復一年的財政盈餘，實在令人有點尷尬。不過她常說這是個「happy problem」，別處政府恨也恨不到，所以沒太多人跟她計較，也無礙她的民望節節攀升。

所以，在三年前才半路殺出來的卓律明，大家一致認為是羅高曼盈的勁敵。

特首對羅高曼盈衝着卓律明的那句話，也感到有些錯愕，一時沒有答話。這個冷場，由一向發言不多的政務司長來打破：「下面的議程是什麼？對了，預警未來四周需要留意的 sensitive issues，然後是本周司局長及主要官員出席的公開活動。我們逐項過一過。」政務司長 Leo Lam 已年過七十，也是 AO 出身，視力似乎不太好，他看着議程表，托了托老花眼鏡：「噢，還有每周的 standing item，政制事務局長報告明年第一次普選的準備情況。」之後，會議只開了一個小時便完了，比平時短很多。

其實，自從特首年初在立法會宣讀了他任內最後一份施政報告後，這個逢星期一舉行的「內閣」會議，已經愈開愈短。下屆行政長官的提名期下月便會開始，明年三月新特首選出後，這一屆的政府便要正式進入「跛腳鴨」的階段。從外面看來，這個班子現在仍然擺出很積極的態度，一副為市民拚搏到最後一秒的姿態。但在內部，各人都在盤算着自己的前路去向，要退的，或自揣沒有機會被挽留的忙着籌謀後路，想留任的，又一時間不知要靠攏到哪一邊才好。他們已逐漸覺得自己身在一個開到尾聲的舞會，嘉賓紛紛準備離場，主人雖然已很疲乏，但仍要裝出熱情款客，未到指定收工時間，樂隊還是奏着一首又一首的音樂……

特首站起身來，宣布散會。這個房間裏的人都知道，現在政府任務的「重中之重」，就是確保明年那次破天荒的特首普選可以順利進行。而到了七月，便要迎來國家領導人主持新一屆政府的就職，順道慶祝香港回歸二十周年。這兩項工作都已成立專責部門來統籌，不會在這個「內閣」會議詳細討論了。

特首望向卓律明，用手指一指隔壁的書房，示意他跟他進去。卓律明其實已憋了很久，正急不及待要取回手機看那條短訊，但特首有召，也不得不馬上跟了他往書房那邊去。深圳之行約了在正午，是個不能遲到的約會，連特首也不知道。但現在還有一點時間。

步出會議室時，他經過那個叫 Giselle 的女政務官身邊。她穿着一件開胸細花邊的麻質白色襯衫，從他站着的角度，可以看見裏面肉色的胸罩若隱若現。她一如往常，沒向卓律明打招呼，正忙着收拾文件，趕着和她的上司羅高曼盈會合。卓律明忍不住向她開口：

「Hi, Giselle。剛才說到的額外資源，我局裏的同事跟你們說好了，應該沒問題吧？」

她站了起來，足有他的高度，第一次正眼望着他，但語氣裏仍然是沒有多少溫度：

「嗯，局長，說好了就是說好了。還能有什麼問題？」

「那就好，」卓律明已想不出第二句說話了：「See you around.」

*　*　*

卓律明每次進來特首辦公室，都會想起以前香港督憲府裏面那個英式佈置的書房。他在一九九〇年獲選為香港十大青年工業家，當時的港督邀請得獎者到督憲府一個偏廳茶聚，他們喝着紅茶和咀嚼着港督府特製的杏仁芝士條，談話間不知誰提到了港督辦公的地方，覺得很好奇。港督大笑一聲，興之所至便帶了眾人到他的書房一看，還向他們介紹壁上的畫作和放滿了書案的家庭照片。他們當時首次面對香港的總督，都是誠惶誠恐的，但這位港督平易近人的態度，讓他們覺得如沐春風。卓律明曾經慨嘆，這位港督是個外交家而不是政治家，但他的學養風範，有哪個香港人能及得上呢？現在回想起來，當時的心態未免有點妄自菲薄。

和殖民時代相比，今天特首的書房雖然居高臨下地向着整個維多利亞海港，但在卓律明眼裏，這座新大樓總是欠缺了點歷史感。大樓的地址當然有其前身——「添馬」是一艘駐港的英國軍艦，停泊處後來成為水兵總部，但到今天已無迹可尋了。卓律明曾竊竊問過自己，若真讓他當上了特首，何不把辦公的地方搬回禮賓府呢？（註：督憲府在一九九七年回歸後改名為禮賓府）以前高官們都在下亞厘畢道的總部辦公，總督府高高在上，和他們保持着一段文明的距離，他們要「覲見」，要爬一段上坡路到上亞厘畢道去（當然，他們大都會坐車去），多有氣派！

現任特首這書房，兩面牆是一直到天花的書櫃，全木質的家俬散發出木料的芳香。從剛才密室一般的會議室走到這裏，卓律明身處一個較明亮的環境。他懷疑這麼多書是否都是特首自己的，因為他知道特首並不是博覽群書那類人。書房有一張長方形的會議桌，卓律明每次進來，都是和相關的官員一起圍桌而坐的，但今天特首卻請他坐在靠窗的那套皮沙發上，兩人的距離馬上拉近了。

特首的助理熟知卓律明的口味，為他端來不加糖和奶的黑咖啡，也在特首慣常的座位前放了一杯加了大量糖和奶的港式奶茶。

「CE，看來你還未能遵照醫生吩咐，把這東西完全戒掉。」

特首今年還未到七十，但稀疏的頭髮差不多全白了，而且有中央肥胖的問題。「今天早餐時本來已忍了口，但到了 mid-morning，總忍不住要喝一杯。」他狠狠地喝了一大口：

「到了我這年紀，也不想再聽人家的吩咐了。」他頓了頓，讓卓律明咀嚼他這句話裏的意思。

「你可不同，前面還有很多路要走。」

「其實我是挺羨慕你的。兩屆的歷史任務快完結了，往後便可以隨心而活。聽說全國政協副主席的位子也為你虛位以待了。」

這個名銜雖不一定是囊中物，但特首最近是收到一些正面的暗示，不慎流露了點自滿。

「一個人的功過，留給後人評說好了。當然，我當了兩屆特首，香港還沒塌下來，也算是一場功績吧！Policy Address 裏我已經流水賬般交代了政府過去四年做的事了，不過，這又如何？我覺得市民最認同的，還是去年千辛萬苦通過了特首普選方案。這個當然要多得 Leo 了。」

「我同意。特區的一號和二號一起赤膊上陣硬銷，真的讓人大開眼界！市民都知道你已做滿兩屆，Leo 作為政務司長明言不會出來選，所以你們兩人都沒有利益衝突，更有說服力了。」

「但你看，現在社會撕裂成這個樣子，那所謂『自決派』的言論大有市場，而且行事愈來愈激烈，保安局和警方都已成立了特別職務組來監察了。不少人認為我的責任最大，說我太貼近中央的旨意，分化了社會。今年的立法會選舉，建制派雖不至於全面失守，但已遍體鱗傷了。你說，我們這個地方可以怎樣管治下去？歷史會對我怎樣評價？中央對我這十年的工作，又會有怎樣的評價？」

卓律明一時答不上話了，只隨便說了句：「時間總會是最好的證明。」過一會他問：「那你打算回到你以前的公司嗎？」

「不會了。你也知道，十年前上任時我把管理權交給了姪兒，讓他們當管理層，他們現在幹得好好的，幹嗎還要回去？人總要知所進退。我自己的股份注入了慈善基金，現在正尋找一個全職的 CEO 來管理投資。」

卓律明乾笑了一聲：「對，我也要學曉知所進退。」

「No，Cliff，你不用，因為你只能進！香港等待一個有才幹、民望和朝氣的領袖，實在等得不耐煩了。以你近期的表現來說，你應該是決定了，是嗎？太太那邊怎麼樣？」

「她從來對我的事沒怎麼過問，只是默默地支持我。我是很感激 Sarah 的。其實自從我們決定回來香港大學，然後加入新港聯那天起，她應該很清楚我最後是會走到這一步的。不過如果我當選，她可能要結束她那所小型瑜伽中心了。」

「那就好。特首這個位子，實在是份爛透的工作。你肯站出來，香港是命不該絕了。」

「CE 你真是言重了。」卓律明低着頭說。

「我看這次選舉，就是孔志憲和你的對決了。Stella 本來是滿有野心的，而且近年不是流行女領袖嗎？但看今天她對你酸溜溜的，應該是被勸退了，免得分薄你的票，讓孔志憲坐收漁人之利。」他觀察着卓律明的表情，但卓臉上的肌肉紋風不動。

特首喝了一大口奶茶後接着說：「唉，她婆家太有錢有勢了，缺乏地氣和親和力，就算得到提名委員會的提名，在一人一票的選舉也不是你的對手。從我自私的角度看，我當然不想你們兩人一起選，因為你們都要先辭職，我會頓時失去了兩個能幹的同事，政府最後幾個月也不得善終。」

「沒那麼嚴重吧？」卓律明笑說：「不過我同意，是大律師孔志憲也好，街頭運動的蔡正威也好，我唯一的對手是泛民主派。立法會選舉後，香港的政治版圖已經改劃了，連功能組別的大部分議席也失守。唯一保得住的是特首選舉提名委員會，建制委員還佔大多數，不過這屆多了不少新人，他們的取向有點曖昧，我思疑當中可能有些是 closet separatists。總之現時社會瀰漫着負面情緒，在直選時對我很不利。」

特首沉默下來，過了一會才道：「對。我知道最近很多年青人登記成為選民，『首投族』將會決定一切。中央現在處於超緊張的狀態，未來這半年若是出了什麼亂子，要扛起責任的仍是我，所以我也不好過。在中國國土上，第一次有全民直選地方首長，全世界都在盯着我們。要容許一個非建制派的人入閘，卻同時要確保他不能當選，你說這工程有多難！而且有為數不少的提名委員，不一定聽命於中央。」

卓律明輕輕搖了搖頭：「國際輿論是一件事，我相信中央一定會竭盡所能，不讓非建制的候選人入閘。無論建制派的候選人號召力有多強，畢竟是每個市民人手一票，這風險太大了，難道選了出來後，中央真的拒絕委任他不成？」

特首這時俯前了身子，輕聲的問：「Cliff，我知道上面都跟你說好了。應該沒有什麼變卦吧？其實上面的權力戰太高深了，我真沒法參透，也不想知太多。」他見卓律明沒即時回答，又坐回靠背上再說：「你其實不用回答我。不過你還是快些宣布參選吧！我們這邊會即日宣布你的職務將由副局長暫代，時間和口徑要統一。」

「明白。」卓律明馬上看了看腕錶；距離深圳的會面還有兩個小時，十分鐘內一定要出發了，但他臉上沒有表現出焦急。特首說：「你趕時間嗎？那我們改天再談吧！」

「噢，對，約好了局裏的同事談些事兒。CE，上面沒有跟我再說些什麼。」他這句話在這一刻仍是事實。特首說到「變卦」二字，他的心也開始有些忐忑，因為前天接到邀請，要他一個人「來深圳一談」，必定是和選舉有關的。他眼前又浮現了三個月前和北京領導人那次會面。

特首站了起來送他到書房門口，從外衣口袋裏拿了一張紙條出來：「Cliff，我雖然不能公開支持你，但你知道我背後的人脈是不弱的。我知道你的助選團主要會是新港聯的人，但我手裏這個名單有不少有才幹和份量的人，來自不同界別。」他把字條攤開：「下面這一欄，是你可以考慮委任到你新領導班子的人。大部分應該是你認識的，但你不一定能馬上想到他們，就作為備忘吧！」

卓律明說了聲謝，把字條揣在懷裏。他瞥見特首額角上那道疤痕。是幾個月前他在新界巡視新發展區時被一個自決分子擲樹枝弄傷的。樹枝幸好沒擊中要害，但已劃出長長一道血痕，要留院兩天。那是當時的一樁大新聞，他流了「第一滴血」，反而得到市民同情，支持率馬上飆升。而另一邊廂，那個叫陸梓敬的大學生當場被捕，判了三個月的監，自決派還隆重地為他舉行了「入冊慶祝」，以壯行色云云。聽說他明年三月便要出冊了。

「這道疤痕也好得差不多了。」卓律明說。

「哈，」特首乾笑了一聲。「Cliff，你說人生是不是很諷刺？做小小一個特區的首長，無論你幹得多好，在國際上的地位也高不到哪裏去，但那次襲擊，讓我上了《時代雜誌》，我額角流着血的照片佔了一整頁。兩個月前我在APEC（註：亞洲太平洋經濟合作會議）的領袖高峰會上，幾個大國元首竟過來對我噓寒問暖。」

「這個我記得。但別忘了，《時代雜誌》那篇報道，主角其實是陸梓敬啊！」

卓律明取回手機後便離開了政府總部。平時到外地出差他是必定帶着政務助理Peter的，但今天深圳之行說明他要單人赴約，他竟有點無助孤獨的感覺。他急步跳上了坐駕，打開那條短訊來看：

「是我。還好你的電話號沒改。真不能相信過了這些年，我還是要找上你。我打算下星期去香港，希望入境沒問題。Cecilia。」

3 洛杉磯的陽光

卓律明一跳上他的局長座駕，車門還未關上，司機輝哥便急忙踏油門。局長比原定的出發時間遲了半小時，路上若出現什麼交通情況，便不能準時到達深圳，所以非常專業而且從來不遲到的輝哥，已很急躁了。

那個短訊顯示了來自美國的電話號碼。他本想馬上回電話，但他習慣了在司機面前不談私人事。調派來服務局長級官員的司機一般都是很專業的一群，車裏聽到任何談話都會守口如瓶。但卓律明仍是十分謹慎，他用微微顫抖的手指打了一條短訊——

「真是你嗎？我還未敢相信。都多少年了？你究竟哪兒去了？」發出去之後馬上再加一句：「我現在有事，傍晚再和你聯絡。」

不一會，他便收到那邊的回覆：「好的，等你。」

車子走出西區海底隧道後，在三號幹線上飛馳。他的眼睛已看不見窗外快速移動的景物，因為他的靈魂已飄回去一九九五年秋天的洛杉磯，一個由「春秋文化社」舉行的慈善晚宴上。那年初，卓律明剛到美國，為自己有份創立的科技公司，在美國西岸開辦一家分公司，負責南北美洲的業務。「春秋文化社」是一個主要由當地華人成立的文化組織，幹得頗有規模。發起人是台灣人，後來也有些香港人加入，宗旨是在美國推廣中華文化。卓律明的公司是其中一個贊助機構，在這個晚宴上獲安排坐在頗重要的位置。

那是唐人街附近一所酒店的大舞廳。他一向不太喜歡出席這種場合，坐在他左邊是促進會的一位老先生，說着一口有很重口音的國語，說自己是國民黨的老兵，但五十年代到了台灣後，轉型成為了一名實業家，言談間對自己的成就流露着自豪，還不時向他暗示，香港九七大限將至了，而且在香港搞科技哪有什麼前途？還是趕快躲到台灣好，他在新竹科學園的工廠正急着用人哩！他說台灣政府懂科技，不惜工本地支持。卓律明的國語本來已不很靈光，再加上這老先生的口音，他的話只能聽懂七成。有關九七的話，他只裝作沒聽見。他遇到過不少台灣人和新加坡人，對香港的九七問題都有點幸災樂禍的心態，但他總會一臉堅定地告訴他們，香港的「一國兩制」必定成功，他們少替香港擔心好了。

他右邊的位子還是空着的，所以覺得有點百無聊賴。晚宴到中段時，安排了些文藝節目，原來每個節目都是由一名善長或機構贊助演出的，在晚會的場刊裏都列了出來。他看了兩場不太精彩的民族歌舞，再加上一些酒意，眼皮都快耷下來了。

司儀宣布青年古箏音樂家范瀟瀟出場時，他還是半合着眼的。他最近正為公司的幾項新產品申請專利，忙得睡眠不足，整天精神恍惚。直到台上的表演者撥弄着弦，勾出了一個他熟悉的調子。

他對中國古典樂曲不大熱衷，但想不到這位琴師竟用古箏奏起了一首流行曲，是王靖雯的《容易受傷的女人》。聽到這首近期在香港很流行的歌曲，他整個人馬上清醒過來。他定眼一看，只覺得台上這位演奏家，有幾分像他很心儀的台灣女星胡茵夢，一頭飄逸的長髮，隨着每個前傾或後仰的動作而擺動。但她沒有胡茵夢那種夢樣的迷離，卻有雙靈動的眼睛，和一張略帶稜角的臉。會場的燈盡暗了下來，只一盞射燈照着這幅人琴合一的景象。她在彈奏時，粉白的面上一直帶着恰如其分的哀傷，直到最後一個音節響完，把雙手從弦上收回來時才解開了眉頭，嘴角勾起一絲禮貌的微笑。她站起來鞠躬謝幕，身段的高挑讓卓律明感到有點意外。月白色的絲綢旗袍在她身上搖晃着。

一陣熱烈的掌聲響起，久久不散。

卓律明看着她，忘記了眨眼，連掌也沒有跟別人一起拍。他擔心她會馬上轉身，然後走到後台，就此消失，心中正琢磨用什麼方法可以接觸她，表達對她的讚賞。但這時她卻翩然步下了台階，向卓律明那席桌子走過來，逕自走到他身旁那個空着的座位。

原來這位子是留給她的！卓律明心裏一陣興奮，卻一時不知所措，只好連忙站起來，附着雙手向她作出輕力的鼓掌狀：

「彈很很精彩，恭喜你！」

她還未及回應，在旁的那位老先生便搶着說：「卓先生，這位范瀟瀟范老師，是很難請到的，彈得太棒了。你別看她這麼年輕，已經是個桃李滿門的大師耶！」然後對范瀟瀟說：「這位是來自香港的卓律明先生，很有為的青年科學工業家。你們慢慢談吧！」

他們坐下來後，范瀟瀟說：「多謝你，卓先生。你別聽老先生講的，我才不是什麼大師。」她說的是沒什麼台灣口音的國語，聽在卓律明的耳鼓裏，她的聲音有一絲黏連性，卻有點冷，而且她一直沒有向他展露過笑容。

「我也不是什麼科學家，我公司是研究電腦顯示屏的，在美國開始有點發展。你叫我 Cliff 吧！」

「你也叫我 Cecilia 好了。我嫌我的中文名字太像瓊瑤小說裏面的女生了。」她這才淡淡的向他笑一笑。

「哪裏？瀟瀟這名字挺美的。」他本想加一句：「就像你一樣」，但臨時又吞了回去。

「我很喜歡王靖雯這首歌，因為我實在不太熟悉傳統的古箏音樂。怎麼說呢？結合了現代元素，古典音樂可以很有生命力，能感染更多人。」

「可是你好像沒鼓掌啊！」她調侃着白了他一眼說。

卓律明沒想到她竟留意到他沒拍掌，頓時臉上一熱。「噢……可能是我聽得太入神了。」

「我還以為香港人真的像有些人說得那麼沒文化修養。你說得對。我是贊成 Crossover

的，尤其在這種場合，要考慮到觀眾的口味。流行音樂家中，我認為中島美雪很有內涵，她有些歌很有中國風，適合改編來用中樂演奏。但王靖雯的確唱得比原唱好，可惜我不懂廣東話。」

他這才知道這歌的原曲是首日文歌。他一時沒答話，只聽范瀟瀟說：「噢，差點忘了向你道謝——很感謝你贊助我的表演。」

「什麼？站住你的表演？」他惱自己的國語太差，一時聽不懂她說什麼。

「哈哈，是贊助，sponsor！你公司不是贊助我的表演嗎？」

「噢，是贊助。贊助？嗯……對。你不用客氣，這是我的榮幸。」他連忙偷看了一下放在桌上的節目表，發現在「青年演奏家范瀟瀟古箏獨奏」那一行底下，有括號內的一句「節目由港博科技公司（美洲總部）贊助」。他竟然連自己公司是這項表演的贊助商也不知，臉上又是一陣發熱。公司的公關和企業責任活動一向都是駐美的副手小李負責的，剛才下班時，小李曾攔着他介紹這晚的活動，但卓律明趕着出門，小李未說到這個環節已被他打發走了。

范瀟瀟似乎也留意到他的窘態，向他輕輕笑了笑。「你是大老闆，哪會理會這些瑣事兒呢？大會通常是安排表演者坐在贊助他們的人身旁的。我通常不會參加晚宴，但我一會兒還要表演，又不想呆在後台，便出來坐坐唄。」她側眼看了卓律明一眼，再說：「看來這個決定也不錯啊。」

晚會的下半場，卓律明對周遭發生的事已沒什麼印象了，因為除了范瀟瀟外，他的一雙眼睛基本上沒怎樣看到其他人或事了。後來他被司儀請到了台上，讓他把一張道具支票致送給「春秋文化社」的主席。他記得這環節，因為在儀式上負責獻花答謝他的正是范瀟瀟，所以他笑得特別開懷，儘管有些靦腆。

散席時，她讓他開車送她回到市郊的家。在洛杉磯郊外的高速公路上，他們說話不多，但在敞着篷的跑車內，兩人的腮邊嗖嗖颳着涼風，兩人都在希望車子就這樣一直開下去。道別時，他把她在台上獻給他的那束花，送了給她。從她把大門關上那一刻起，他就知道他這一生將會和以前很不同了。

那夜之後的兩年，是卓律明一生最快樂的日子。Cecilia 是他遇到過的女人當中，唯一讓他有結婚衝動的。

* * *

其實，已經三十五歲的卓律明，也真沒結交過幾個女朋友。八十年代的香港大學電子工程系，全級只有一個女生，而這女生身上沒有很明顯的女性特徵，所以也沒有人當她是個女人看待。他長得高大，又是大學的田徑隊員，所以在大學的社交場合也很吸引女生眼球的。在那個男生們都一個勁地去派對舞會的年代，他寧願躲在學生會的辦公房，打理學生會的會務，看他的政治哲學書，或者埋頭為學生報撰寫一些探討香港前途問題的文章。他不認為自己長得帥，雙眼尤其細小，所以雖然近視不深，也會架着闊大的黑框眼鏡來讓眼睛的部分顯得正常些。但一個曾經和他好過的女生卻說，她覺得他身上最吸引人的地方，就是他那雙單眼皮，拖着點魚尾紋的小眼睛。

畢業後他在一家本地的電子廠幹了兩年，一邊工作一邊在夜校教書，才儲夠錢到加州科技大學（Caltech）唸碩士課程。八十年代末他和幾個 Caltech 的香港同學和台灣同學一起，看準了一門新科技。他成功說服以前香港電子廠的老闆出資，於是便嘗試創業，之後的幾年可說是嘔心瀝血，沒日沒夜地工作。他不是沒留意到身邊有過些傾慕的眼神，也嘗試和幾個漂亮女生約會過，但他總是覺得，陪這類女孩子說話有點無聊。他也不滿足於每次約會，活動的只是下半身，精神上則是完全地抽離，沒有在靈魂或心靈層次的交流。就是這樣，他眼看着身邊的弟兄同事們一個接一個地成了家，他到了三十四歲還是光棍一條。

他原以為他這輩子勢要單身終老了，直至范瀟瀟的出現。

那夜之後，他們之間的發展快到連他們自己也覺得奇怪。他自問已不是少年十五二十的情懷，但和她碰撞在一起時，卻有煙花爆發的燦爛。她讓他發覺，原來除了追求事業那顆野心外，他對一個女人也可以如此貪婪。他覺得自己正在同一時間活着一新一舊的兩個生命。

他們相識後不到一個月，瀟瀟便搬進了他家。他們之間有少許語言上的隔閡，但有時卻為他們的家居生活添上些意想不到的樂趣。他們無所不談，有時候拿着一瓶 Napa Valley

的葡萄酒，就可以用一種國語混雜着英語的語言，聊個通宵。他以前和女孩子約會時，常拿她們來當聽眾，抒發自己對香港前途、中國局勢等題目的意見，她們雖未說出口，但都覺得這個帥氣男生竟會這麼獃！但瀟瀟的反應則完全不同，她雖沒有卓律明對時事那種觸覺或視野，但她是個很好的聆聽者，並會在適當時候作出些反應，讓他有繼續說下去的興趣。她偶爾也會從一個文化人的角度，又或者從一個較抽離的台灣人角度，對卓律明苦苦思考而不得要領的問題，說出一個很簡單的原委來。

她中學時期已來美，後來在加州大學唸音樂，從未去過香港，在她印象中，香港只是個很功利和沒有什麼文化底蘊的地方，但卓律明說了很多她以前不知道的事，令她對這個英國殖民地很感好奇。她說無論怎樣也要在香港回歸大陸之前，去親身看一次。

他們倆幸福得連自己也有點不相信，總是隱隱覺得有一些問題是未給抖出來的，又或者是他們實在愛得頭昏腦脹，任何問題都不成問題了。她利用她的正統音樂訓練底子，創立了一個小型華樂團，需要經常籌集經費，她又不想太倚賴卓律明的私人資助，所以無可避免地要應酬一些大公司的老闆。她的私人學生大多是些華籍及美國的小朋友或老太太，但偶然也會有些中年男人，他總是對那些老闆和男學生的動機有很大的懷疑。每次她要率隊到別處表演時，他都是如坐針氈地等她回來。

一九九六年春天一個飄着橘子花香氣的早晨，他們訂婚了。他們把後花園簡約地佈置了一下，只請了一桌子的朋友來慶祝。瀟瀟穿了一件粉橙色的裙子，在陽光透過橘子樹的掩映下，她在卓律明眼裏是世上最美的人。

之後的一年裏他們都是各忙各的事，生活得好像老夫老妻一樣了，所以結婚的儀式本身，對他們已沒有重要性。卓律明最害怕的事——瀟瀟被一個大款或年青的愛慕者勾引去——始終沒有發生。九七年六月，他帶她回香港，讓守寡多年的母親看了這位未來媳婦，她開心得摟着兒子哭了。他以前工廠的老闆郭令基是工業界的龍頭人物，一九九五年中，卓律明曾應他的請求短暫回港，為他助選立法會功能組別的議席。郭令基一早已認定卓律明是個政治人才，要栽培他在下一屆接替他出戰這個席位。但卓律明當時還是把事業放在首位，所以郭令基也沒有逼他，只是安插他在工商聯會的一個顧問位置上。

作為立法會議員，郭令基邀請了卓律明和瀟瀟出席一九九七年六月三十日那場中英政府共同主辦的歷史性晚宴。看着台上的國家主席和英國王儲查爾斯王子一同祝酒。瀟瀟常說要見證回歸前後的香港，這個心願，她覺得是超標達成了。

美國分公司的業務上了軌道後，他打算在九八年初也和瀟瀟一起回歸香港。她父母一直在東岸，對此也沒有異議，於是她便開始向朋友打聽香港的情況，認為在香港也會有演出機會，亦可以繼續做教學工作。一九九七年年底她的古箏學院得到一個總部設在美國的文化機構一筆頗大的贊助，在兩岸四地舉行巡迴演奏。因為卓律明正忙於業務上的交接工作，不能陪她到香港去，但她在香港的那幾天都是住在他家的。他母親事後說，她特意安排好數個飯局，為的是向幾撥親朋戚友炫耀這個既有才華，又漂亮的未來媳婦。

香港之行回來之後，瀟瀟仍是開開心心的，卓律明也沒發覺有什麼異樣。瀟瀟還向他建議，他媽一個寡母人家怪可憐的，不如婚後就和她一起住吧，好有個照顧。他雖然心裏也有這樣想過，但他明白婆媳之間，總是相見好同住難的。他於是和她打趣說，老媽子知道兒子不用孤獨終老，還有這麼好的女人肯下嫁，開心也來不及，瀟瀟沒必要感到有任何義務和她同住，這事還是從長計議好。

幾天之後，她說身體有點不適，沒有去古箏學院上課。卓律明看不出她有什麼明顯的病癥，晚飯時她只是用筷子撥弄着碗裏的菜。不到一個星期，她整個人已瘦了一圈。她亦開始沉默起來，他說話時，她有時會看着空氣中的某一點，良久不作聲，有時又定眼的看着他，好像快要沒得看的樣子，笑容從她面上消失了。他要她去看另一個醫生，去拿個 second opinion，但她堅持自己只是來了一陣特別兇的周期經痛，再加上一點感冒，如此而已。

卓律明記得在一個下着大雨的晚上，他晚了回家，發現瀟瀟面上抹了一層淡妝，穿了卓律明那件男裝大號汗衫，為他張羅着晚飯。她正為他愛吃的棒棒雞調校醬汁，是她拿手的四川菜。他最愛看她把這汗衫當裙子穿，因為它僅僅蓋過臀部，又隱隱顯露着上身的曲線。這件衣服差不多已成為他們之間的一個暗號，預告着晚上即將來臨的刺激。卓律明整個人也雀躍起來，因為她終於從過去一星期的陰霾中走出來了。

他從後面雙手摟着她的腰，面貼在她微燙的頰上。他聞到玫瑰精油沐浴露的香氣，低聲問：「你沒事啦？」

她沒答，只是微笑着，輕輕點了一下頭。

那夜，他們未把飯吃完，便同時把碗筷丟下，直奔到樓上的睡房去。她採用了她在上面的那個姿勢，因為卓律明說這樣可以讓他享受一個所謂的「global view」，所以每次她這樣做時，他都會加倍興奮。瀟瀟讓他深入的那一刻，除了一些正常的喘息聲外，他還好像聽到一兩下被壓抑了的抽泣聲，穿插在窗外的大雨聲中，但暗光中他看不清她的表情，分不清是痛苦還是亢奮。他們這晚愛得淋漓盡致，接連幹了兩次後，他們癱倒了在牀上。但不一會律明的身體又甦醒過來，像一尾長年活在黑暗地洞的無眼蟲，巴巴的又去叩那扇門。於是兩人最後一次摟成一堆了。

除了他們相識的最初幾個星期外，他們已很少幹得這樣激烈了。最後，卓律明進入了一個完全舒泰、空明、超脫的狀態，昏睡了過去。

* * *

一場暴雨後的加州陽光，隨着柔風，透過薄紗簾，射到牀上，像金沙一樣，閃燦燦地灑在瀟瀟躺過的位置。雪白的牀單上，有幾處較深色的地方，還有點濕漉漉的。

窗外幾隻早起的鳥兒清脆地叫着。牠們平時也是在這個時分叫，但今天好像叫得特別躁動，像是在催促他快點醒來。當他睜開眼，已再見不到瀟瀟。他爬起來找她，但整個屋裏除了鳥兒聒噪的叫聲，再也找不着她。

就這樣，她像影子一般，無聲無息地，從他的生命中徹底消失了。

4 大埔夜會

臥在大埔深山裏的這棟三層小村屋，看上去並不起眼，平時很少有人入住，而且最鄰近的另一棟房子也在半公里外，所以它顯得有點遺世獨立。山腳下本來是個翠綠青葱的小平原，但像新界其他地方一樣，農地今天淪落成為集裝箱堆場、拆車場和垃圾堆，到了晚上都是靜悄悄的。這村屋的外牆和前園後園也定時有人打理，裝有保安系統和閉路電視，而且這一帶不是豪華大宅區，所以治安還算可以。最近，在這裏出入的人迹比以往明顯頻繁了些。

這晚，屋內大廳的燈光又亮起來了。

大律師孔志憲作為法律界在立法會的代表，已當了十多年的立法會議員，他的身家和背景已是公開資料。但自從他上月表示有意競逐特首之後，媒體已把他的底細徹底地抖了出來，對他的私生活挖掘的程度加倍地深入，包括他的成長過程、教育、初戀、健康、家庭狀況、兄弟姐妹，都像一張又一張的X光片，攤了開來任人瀏覽。他一早已知這是個必要付出的代價，所以能夠處之泰然。這棟村屋其實是他一個舅舅的物業，這位舅舅早年已在荷蘭發了迹，在香港沒親人，這物業一直交由孔志憲打理，已差不多忘掉它的存在了。所以孔志憲從來不用向誰申報這座小村屋的存在，他到訪這裏的行蹤亦尚未給「狗仔隊」的記者發現。起碼目前是這樣。

晚上十一時半。大廳雖有一盞水晶吊燈，但有幾個燈泡壞了，微弱的光隨着窗外滲進來的夜風晃動，圍着坐在幾張長沙發上的六個人，開始有點睏意。孔志憲出席了一個飯局回來，這飯局是由提名委員會的商界委員籌辦的。他把西裝外套脫下來丟在沙發上，坐下來面對着這批穿得極為隨便的人。

「不好意思，讓各位久等。」孔志憲知道自己會遲來，所以把門匙放在大門外的地墊下，讓他們先進來。他看見茶几上已放滿了從冰箱拿出來的啤酒汽水和小吃，向他們笑說：「看來你們都懂得怎樣招呼自己了。」

「Hi, Felix.」坐在單人沙發的蔡正威，正在呷一杯茶包泡的茶。他一年四季都穿着寫有標語的T恤，今天的標語是「不再沉默！」。雖然明年便年屆六十了，但他仍然覺得自己是個年青小伙子，頭頂留着漸見稀疏的長髮，但兩旁則剃得很青，是很時髦的髮型。他當社工出身，但為了裝備自己，自修取得會計師的資格，還在一家大會計師行裏熬過幾年，處理過幾個大集團客戶，之後轉到勞工權益工作上，這方面的經驗在和職方的管理層周旋時大派用場。

他在勞工組織幹了二十多年，路線愈老愈激進，和一群所謂「自決派」的學生組織走得很近。他在民主派的工會幹了超過二十年，創立了一個叫「勞工青年團」的分支組織，培養出一批有質素的青年勞工領袖，其中不少在上屆地區選舉打入了區議會，所以他在地區的「樁腳」大不乏人。但目前看來，仍然未有人有份量取代他。

坐在他身旁的 Rosalind Lui 曾是他的副手，但眼見他全沒退意，幾年前跳槽到一所教會辦的私立大學當學生事務主管了。Rosalind 跟着他工作的那段日子，他們之間似乎是不太咬弦的，但又盛傳他們之間有過一段不尋常的關係。這次他們兩人約好搭同一部的士來，大家也有點意外。這兩年來，她已變成孔營的大粉絲，在她身邊的人不難發覺她對孔志憲的高度傾慕，就憑她望着孔志憲時的眼神便知道了。

「我們都不客氣了，大狀，我還沒吃飯哩。」滿嘴是芝士玉米片的陳達剛模糊地說。

他是三個學生代表中年紀最小的一個，但從他的坐姿以至說話的態度看來，很明顯他是領頭人物。他的長相斯文，很有觀眾緣。「Angie，你見過的。」他向孔志憲介紹在他對面，面上有點鄙夷之色，卻有點明星相的短髮女生。她穿一條刻意破爛的牛仔褲，黑色皮夾克，坐姿頗型格。

「這邊是 Johnson Li，中大政政 Year Four 的。他和仍在服刑的陸梓敬是同班同學。」陳達剛介紹他身旁皮膚白皙，有點英倫書卷氣的小伙子。

孔志憲當然認得這兩個年輕人。高瘦的 Johnson 是今年才冒起的學生領袖，走在最前線，因為鼓吹港獨而屢犯官司，在電視、報章上的曝光率奇高。在過去一段時間，宣揚香港獨立，或美其名是「香港自決」的人，都是止於口頭或文字上倡議，因為在香港，有關煽動國家分裂的罪行，底線在於是否牽涉武力。但包括 Johnson 和陸梓敬在內的一批學生，他們的行動已經開始逾越這條底線了。Johnson 在很多大學生的眼中已儼然是個偶像級的人物，但他對別人仰慕的眼光總是漫不經心，只顧一往無前地帶領着數以萬計的人，去追尋他們心中的烏托邦。看在很多女孩子的眼裏，這種男生是蠻有吸引力的。

Johnson 毫不諱言自己有很強烈的「戀殖情意結」，在多次遊行中，把港英旗和英國米字旗舉得最高的就是他和陸梓敬。雖然都是窮學生，但他們最愛英式剪裁的西服，在網上找到幾件「古著」，經常穿在身上。去年他們用一些不明來歷的資金，率領一批同道人遠赴英國請願，要求英國一盡她的「國際道德責任」，把香港從一個「極度專制的政權」中拯救出來。英國政府給他們吃了閉門羹，他們賴在國會門前一個下午之後被人趕走，最後獲在野黨的兩個初級議員接見，在西方的媒體也有些報道，總算挽回一丁點兒面子。

孔志憲在茶几上的柚木盒子裏拿了一根雪茄，邊用手指把它旋轉着，邊用火機細意地點燃，口裏冒出一股又一股煙霧，香氣瀰漫着整個大廳。他向兩個學生點點頭：「正威，達哥，時間也不早了，我們爽快些吧！你們對我提出的建議，考慮得怎麼樣了？」

在座的人互相望了幾眼，沒有人馬上答腔。窗外草叢響起蟋蟀聲，因為寂靜而顯得特別刺耳。Angie 則肆無忌憚，咔嗦咔嗦地吃着卡樂 B 蝦條。

蔡正威開口了：「Felix，我想我算是這裏的人當中，最能認同你建議的那個了。沒錯，這個機會我已部署了好久，我們在政改過程中作出了這麼多讓步，就是為了提名機制的設計，能真正容許有非建制的人入閘。而且這一屆提委會的組成對非建制派很有利，爭取入閘已不是沒可能的事了。」他的頭輕輕轉向年青人那邊：「但我們要面對現實，我們知道，建制那邊只會協調一個候選人出來，所以我們這邊不可派出超過一個人，白白送人漁人之利。」

陳達剛架着一副深度近視鏡，鏡片背後有對經常滾動着的眼睛，但在厚鏡片後，眼神很難看得清。他說話時的聲線很響亮：「我是傾向同意正威的，反正他的犧牲最大，因為他已經部署了那麼久。我們幾個近年崛起的青年論政組織，加上正威的『勞工青年團』，聲勢我們真不缺，也有足夠動員力，而且提名委員中，民主派已佔了四成。」他頓了頓，鄭重地說：「但把正威和 Felix 兩個放在泛民的提名委員們面前，我未有信心他們一定會選擇讓正威入閘。」

又是一陣沉默。孔志憲一直謙虛地低着頭作沉思狀。

「但那批跟我們友好的提委，他們是我們幫着拉票才能上位的。」發聲的是 Johnson Li，這時用平和的語調說話，跟平時在廣場上拿着擴音器大聲吶喊很不同。

他的頭髮雖凌亂蓬鬆，但目光像鷹一樣銳利。「難道他們會願意讓一個和稀泥的人來代表非建制這邊嗎？還有，去年非建制黨派在區議會選舉大勝，他們不少也進了提名委員會，他們是不會聽阿爺指揮的。」他的話衝着孔志憲說，卻沒有正眼望他。孔志憲仍只是低着頭，右手摸弄着左手衣袖的金色袖口扣。

「我們不能說 Felix 和稀泥！」坐在達哥身邊的 Rosalind Lui 發聲了。在這群人中，她已是阿姨級的人物，頗受尊重，經常苦口婆心地響應着蔡正威的言論。她一發聲，眾人都知道她是要為孔志憲說話。「他的往績都是擺在我們眼前的。你們還在唸小學的時候，Felix 便帶領着香港的民主運動了。」這時，坐在對面的 Angie 翻了翻白眼，把頭別過去和 Johnson 對望了一下。Rosalind 繼續說：「上星期立法會那場『譴責全港學生爭取自決大聯盟』的動議辯論，他也沒有支持啊！」

「對，他沒有支持，但也沒反對。只是突然避席了。這跟他以前的立場很不一樣。」Angie 說。她個子不大，看來斯斯文文的，但說話卻粗里粗氣。

「Angie，」孔志憲望向她說：「你要明白，我已經公開了參選的意願，我不能公開支持香港自決。這將會是一場全港一人一票的直選，香港仍有很多人不認同你們的主張。」

「我們的主張？你不是多年來一直引導我們走上這條路嗎？」Johnson 說。

「Johnson，」達哥接着說：「我明白你的感受。但我們面前是一個難得的契機，讓一個非建制的人可當上特首。若 Felix 能入閘，又真的當選的話，我們不相信阿爺敢不委任他。我們的使命，不是一朝一夕可以完成的，第一屆普選特首，阿爺根本不可能容許一個激進的人當選。在『朝中』有個思想上和我們相近的人，對我們往後的工作，我們的志業，是絕對有利的。」

「對，我們不能只爭朝夕。」Rosalind Lui 附和着說。

蔡正威放下了二郎腿，直起身子說：「在阿爺眼中，我的名字已沾上了『港獨』，是有毒的了，但 Felix 最多只是隱性的自決派。若他真的當選了，他承諾會給我們空間。卓律明這個『師奶殺手』不是好貨色，表面上和學生們親近，但讓他上位的話，一定會憑着高民望封殺我們。他還會讓新港聯那群無能之徒佔據大部分主要官員的位置。現在社會上對我們的反彈很大，不能操之過急。」

「那麼，Felix 給我們怎樣的『空間』，可以說得具體些嗎？我們現在還有言論自由啊，不用誰來施捨的。」Johnson 大聲問。

孔志憲抽了一口大氣：「這個我也不好說。難道你 expect 我幫你們正式向中央爭取港獨不成？我希望你明白，作為特首，我做，或不做某件事，或者用什麼力度去做，makes a whole lot of difference。你們要信我。你們面前是一場持久戰、民心戰，要耐心把土壤灌溉好，支持你們的人才會達到一個 critical mass。在現階段，就算你們肯拋頭顱，灑熱血，做個革命黨，人們只會當你是大傻瓜。」他頓了頓，正眼看着 Johnson 說：「雖然我並不認為你們真的願意這樣犧牲。」

Angie 好像要發作了。她直起腰來，兩眼瞪得很大，想開口說話，但 Johnson 揚起手示意請她不要開聲。他問：「你們都跟提名委員們摸過底了嗎？我指我們這邊的。」

「我很有信心，政界和專業界別的非建制委員都會贊同我建議的部署。商界那三百票，大都是建制派的人，根本不會支持我或正威。」孔志憲說。「早前那次泛民大會，你們也在場，雖然沒有清楚的結論，但只派一人參選，這傾向性已經很明顯。」

蔡正威接着說：「至於社會和勞工界別那幾百票，他們的傾向我很清楚。你要知道，他們雖然都是我的老朋友，但他們不一定屬意我出選。」

「Oh，fuck them all!」

爆出這句話的是 Angie。孔志憲聽到女孩子口中說出這樣的話，不禁有些驚訝，但其他人卻好像見怪不怪。Angie 用手把短髮往後甩，然後漲紅了臉，氣吁吁地再加一句：「Fuck them all!」Felix 這才發覺，Angie 發起脾氣來，面頰漲紅，竟蠻漂亮的，難怪她有「自決女神」之名，聽說她的博客群裏，有很大部分是宅男粉絲。

在此之後，大家都靜默了下來。Angie 衝口說出粗話後，又突然把頭低下來，聲音有點哽咽地說：「對不起，我只是想起了少明……不知他會怎麼看我們。還有仍在獄裏的陸梓敬……」她嗅了嗅鼻子，放緩了聲線向孔志憲說：「Felix，我不是不同意你的建議，只是想起少明曾說過的一些話，一時間有點感觸。其實你來之前，我們都談好了。我再沒有意見。」

孔志憲的臉上沒有動過一條肌肉，但心裏已放下了很大的一塊石頭。他問：「Angie，陸梓敬我知道，但你說這位叫少明的，他是誰？」

陳達剛怕 Angie 激動，替她答了：「少明是我們以前一位好弟兄。他是個數學和 IT 奇才，是我一個很得力的助手。但……他……他上星期自殺了。」

「自殺？為什麼呢？」孔志憲很驚訝，但他模糊地記起上星期好像又有中學生自殺的新聞。「就是上星期墮樓的那個中學生嗎？」

「是的。他自小有點自閉，最近聽他的社工說，他還患上了抑鬱症，但他總不肯吃藥，說自己沒事，我都勸了很多次了。」Angie 說。

孔志憲思索了一會，說：「你們覺得在這事上，會有什麼內情嗎？以你們組織近來的辦事手法，樹敵應該不少吧？他有留下什麼遺言嗎？」

孔志憲這樣問，他們各人面面相覷，有點警醒的樣子。陳達剛結巴地說：「內情？你是說，少明他……他不是自殺的？應該不會吧？他一向都極低調，從來沒有在我們的行動上露過面，除了我們幾個人外，根本無人知道他是組織裏的人。啊，對了，我問過他的學校社工，他說少明好像最近在單戀一個鄰班的女生。可能是受了情傷的刺激吧！」

Johnson 接着說：「其實我們也怕警察在他的房間搜到些關於我們的資料。聽說警方真的有到現場查過，初時曾把案件列為『屍體發現』案，不過他們好像沒發現什麼，也沒見到有遺書。最後覺得事件沒可疑，便歸類為自殺。反正類似的案件最近也不是第一宗了。」

Angie這時已經沒掩飾地哭起來了。她一邊抽泣一邊說：「我前天到他家幫他父親收拾他的遺物，見到他的兩部電腦還在那兒。他真可憐啊，其實他比我們更有理想，構思的東西都很超前，我們真的很懷念他。還有他的父親，快七十的老人了，他在認屍時暈倒了，一直在醫院還出不來。我明天還要和社工一起幫他辦兒子的後事……」

Johnson向孔志憲提了一聲：「Felix，這件事，請你不要向人說。我不是說少明是不能替代的，但他的死，對我們的工作是個很大的打擊。」

「好的，我明白。」孔志憲沒想到他們組織裏竟發生了這麼一件事。他有種不祥的感覺，但也不便追問下去了。他開始能夠理解Johnson和Angie今天晚上為何特別煩躁。「總之你們還是小心點好。你們最近發覺身邊有什麼可疑的人沒有？」他向蔡正威說：「這方面你算是很有經驗了。」

蔡正威笑了出來：「可不是嗎？幾年前我開始收到一些沒出聲的怪電話，警察追尋了一段時間但沒着落。上次立法會選舉前我收到有白色粉末的信，那次還有警告字句，所以警方派人二十四小時保護我，搞得我哪都去不了。兩天後還是我要求他們撤離的。」

「那最近是不是再沒有人騷擾你了？」孔志憲問。

「其實我是不時發覺有人跟蹤我的，但他們都沒進一步行動，我也有點習慣了。有次我回家時，屋村大門處有個大叔帶着幾個人，拿手機來到我跟前，一邊拍攝一邊大聲喊：『快來啊，漢奸在這裏啊，快來抓漢奸！』我也拿起手機來和他們鬥拍鬥罵，擾攘了一會他們便散了。」他又笑了笑：「不過跟蹤我的人也包括一些我的粉絲。」

Johnson 似乎若有所思，向旁邊的陳達剛低聲說：「和少明接觸過的那個人……」但陳達剛用眼神示意他不要說下去。蔡正威向大家說：「時間也不早了，明天還有幾場非建制選委的諮詢會，我和 Felix 都要出席的。達哥你應該也收到邀請。我們分頭工作吧！要緊密監察着手上的票，但總的來說，我有信心可以拿夠讓 Felix 入閘的票數。」

這個小村區只有一條狹窄的小路通往外面。孔志憲那部七人轎車的司機一直在屋外等着，散會後，他把他們五個人送到附近的火車站去。

孔志憲目送了他們上車後，在手機上發了一個短訊：「比預計早，車十分鐘後到。」他回到屋裏，把領帶鬆開，倒了一杯不加冰的單一麥芽威士忌，開了那部 Hi-Fi 膽機，在長沙發上半躺了下來。他閉起眼，沉醉在拉赫瑪尼諾夫的第三號鋼琴協奏曲。

不到廿分鐘後，在他快要打瞌睡時，那部七人車又開回來，停了在大門口。電動門打開，一個穿紅色窄身及膝裙和黑漆皮高跟鞋的女人婀娜地踏了進來，長髮在夜風裏隨着步履左右拂動着。她不用按門鈴，孔志憲已為她打開了大門。他把女人一摟入懷，用後腳一踢把大門關掉，然後就吻得兩人都透不過氣來。

回過氣來之後，他用手背擦了擦黏了在嘴角上的唇膏，眼裏冒着一團火地向她說：「Oh, I miss you, Giselle.」

5 深圳的荔枝茶

卓律明從荔枝山莊四號別墅走出來的時候，晚秋爽颯的陽光灑在身上，口裏還回味着盛夏的荔枝香氣，久久不散。剛才和劉主任談話時隔着玻璃看這個水庫的粼粼波光，現在他靠在湖邊的欄杆上看湖水，深深吸了一口氣。他需要微涼的空氣來洗刷一下他的思緒。

劉主任告訴他，這種荔枝紅茶是山莊自家製的，只供貴賓享用，是非賣品。這個佔地很廣的山莊名副其實，西側種有幾十棵桂味荔枝樹，每年夏季荔枝收成後，會分送給各友好的部委和企業的朋友，剩下來的烘成荔枝乾，而烘焙的同時會用上等的貢茶來燻成有荔枝香味的紅茶葉。

兩年前，上任教育局長突然離職，卓律明走馬上任，還未及辭退大學副校長之職，便獲邀和領導人先碰個面。這種會面不一定在北京進行，更多會選擇在南方某個城市。負責港澳事務的中央官員因為常要南下，深圳順理成章是最方便的落腳點，所以在深圳北部山明水秀的地區設一個有住宿、休憩和會議設備的會所，是有實際需要的。這裏還是個有關國家政策的培訓中心，不但招待國內各地的官員，還會邀請特區政府的官員以及企業界人士來「學習」黨的最新思想。這個會所佔地之廣，很多住在深圳的人也不知道。上次和劉主任在這山莊會面時，卓律明第一次品嚐到這種齒頰留香的荔枝紅茶。

劉主任是個卓律明較為熟悉的中央官員。多年前，他以工業家身分參與新港聯的政黨工作時認識了當時還是個中級官員的劉主任，聽說他是專門負責聯絡香港各個政黨和社團的。劉的行事極為低調，不會輕易露面，那次卓律明在中南海接受總理的局長委任狀時，劉主任也選擇站在一個靠邊的位置，寬厚的身型，差不多全禿的頭，嘴角掛一個莊重的微笑。不過，單獨見面時，他卻是個很願意老氣橫秋地高談闊論的人，說話時散發出一個強大的氣場，不會失掉任何一個聽者的注意力。這跟他在公眾場合不苟言笑的形象，有很大的差別。

他們上次見面是半年前的事，地點就在香港。劉主任向他透露中央支持他出選，但還要看提名委員會的組成，着他趕快作出部署，先組織好競選團隊。卓律明以前曾聽說過，誰和誰曾得到中央的「祝福」，只覺得是件很隱秘之事。現在真的發生在自己身上，原來就是這麼一回事，確實用詞是「我們非常鼓勵」。他還記得那天和劉主任見面後，他決定不乘坐駕，徒步走回辦公室。他自覺腳下好像有點不穩；他見到的每一個香港街角，遇見的每一張香港人的面孔，對他來說都有了新的一層意義。因為他將有可能成為這片他最親愛的土地的主人翁。

這天被邀來到荔枝山莊，是中央變卦了嗎？卓律明也有心理準備會有這個可能性。特別是提名委員會某些成員可能並不「合作」。但劉主任沒這樣說。在回程的車上，卓律明再把剛才和主任的談話回想了一遍。主任打開話匣，讚揚特區在打擊港獨方面的努力，亦勸勉特區應要把對這個課題的關注提到更高的高度，尤其是在選舉年。但主任先花了很多時間閑話家常、詢問了他太太的近況、高爾夫球打得怎樣，還侃侃而談最近他到敦煌參加絲路文化國際大會的見聞。談了將近一個鐘了，直至卓律明以為這次會面真的就此而已的時候，劉主任終於進入正題了：

「律明啊，我知道你現在承受着很大的壓力。跟你瞎扯了半天，就是想為你減減壓，哈哈哈！我們上星期在電話裏分析過一下最新的形勢了。我們一向的想法你是知道的，就是不讓任何一個反建制的人入閘，但要是個有競爭的選舉，即是兩位候選人：你和一個較不理想、但也可以接受的人，公平地較勁。」

「主任，其實看近來一些提名委員的言行，我也預料到要他們完全跟隨大路線，並不是易事。」

「嗯，現在這樣的一個局面，看來難免會有一個非建制的候選人入閘，而建制方面就只能出你一個了，免得分薄了票。所以，我們前天已經和羅太太說了。她也不能有什麼意見。國際間很密切地注視着提名的程序，所以我們也不能有很大的表面動作。不過你的提名是沒有問題的。對方很難說是蔡正威還是孔志憲。雖然孔志憲已經公布了意向，但似乎他沒有先和非建制派的其他人協調過，出來的提名結果還會有變數。若是蔡的話，對你會較有利，因為他的形象太偏激了。作為一個反對派，他可以有很強的號召力，但在一個普選當中，要選民用手中那一票來選一個領導他們的首長，他們始終會選擇一個像樣的。」

「不要忘了華里沙也能當選總統。」

「波蘭當時的情況實在跟我們現在太不同了。我明白你的意思，普選畢竟是選舉，很難說得準。英國不是脫歐了嗎？特朗普不是當上美國總統了嗎？」

「如果是孔志憲的話，後果就有點難料。他的形象和我太相近了。他的辯才也很好，在競選論壇上我不能佔絕對優勢。」

「對。還有他那口牛津英語，比你的還要強。所以他很合老外的眼緣，國際媒體把他捧了上天。不過他的普通話還真爛，跟你的沒法比。但不知為何，我總覺得你的普通話有點台灣口音。你太太是台灣人嗎？」

「不……這個……我也不知為什麼，可能是自小聽台灣的時代曲吧。劉主任，我只想知道，若真的讓他選上了，中央真的會走那一步嗎？」

「若你是指拒絕委任那一步，我認為不會。不過，這問題上我也不能代中央說話。你們香港人怎麼叫它？好像什麼『守尾門』的，是吧？律明啊，這樣天大的事，我想不會發展到那個階段。那豈不是很被動嗎？我們這邊已經在加緊對提名委員的游說工作，待你下星期作出公布後，我們再碰頭談進一步的策略。好嗎？」

「好的。但如果這一關守不住的話……」

「唉，如果孔志憲真能入閘的話，那就看你的造化了。我們是真誠地希望這場選舉不會給人一種一切由中央欽定的感覺，所以那將會是一場硬仗。親建制派恐怕要總動員了。到時我們這邊更不便露面，但當然會繼續在背後支持。你的群眾緣很好，他們不是叫你什麼『師奶殺手』嗎？而且，我始終相信香港的選民是理智的。」

「但萬一……萬一他上場後才被發現是個獨立派分子，那……」

「這個嘛，我們自會料理了。」

卓律明凝望劉主任雙眼，搜索着哪怕是一絲一毫口不對心的表象，但他察覺不到。劉主任用很平實的語調說話，找不到半點虛偽，亦沒有很為卓律明擔心的樣子。其實卓律明很想問他：「中央把第一次普選的入閘門檻放得這麼低，究竟有沒有後悔過呢？」但他還是把問題吞回去，只輕輕的應了一句：「但願如此吧。」

這時候，茶開始有點涼了。劉主任喊了外面守候着的服務員進來，為他們換上一壺熱的荔枝紅茶。他一邊吹拂着茶面上的蒸氣一邊說：「今午的茶還真香。律明啊，今天請你來，還有一個問題想問你的。選舉一向都是骯髒的，爆料的爆料，扒糞的扒糞，都是很低層次的所為，但卻永遠奏效，歷史上多少個政治家都栽在這個上面。所以不是我要問你，而是你要問問你自己，究竟有沒有做過任何可以讓政敵拿來做把柄的事？」

「你是指……」

「請不要懷疑我們對你的信任。在這個歷史性的關頭，我們傾力支持你出選，少說也是在你身上下了很大的一注。若有人發掘出你過去一些不光彩的事，哪怕是很輕微的，中央的面上也不好看。所以我希望你好好想想，過去在你公司的業務上，有沒有任何不太正規的交易呀、跟業務伙伴的關係如何呀、或者有沒有對公司心存不忿的員工等等。」

「我明白你的意思。我當時的公司，是我認識的企業之中，運作得最愉快的一家，員工都像兄弟姐妹一樣。我們雖是一家注重創新、打破框框的企業，但企業管治方面卻寧願保守，也不想讓人有話說。在大學任教那幾年也沒有什麼好說的。這方面你放心好了。」

「那好。在私生活方面，我知道你是個循規蹈矩的人，婚姻也很穩定。但我只能看到表面，是不是真的如此，就要你來說了。而且我不光指現在。我也是男人，試問誰沒有年少輕狂過？問題是，以前發生的那些男女關係，是不是都已經料理得一乾二淨？有沒有還拖泥帶水的？」

卓律明經劉主任這樣一問，馬上僵住了。消失了十幾年的瀟瀟，偏偏在這時刻又出現了，她的短訊這刻還在他手機裏。其實，十幾年前的一段初戀，不應該是問題。誰沒有戀愛過？而且，結束那段關係的是她，一句話也不撂下便走了，所以他自問沒有負過她，他自己才是受害者。

不過，他接到她訊息時感到的那股震動，是很真實的，只因為他還未能忘懷。在他心裏某個位置，她仍然在那裏盤桓着。她消失前那夜的情景，現在還歷歷在目。他很害怕，就在他以為可以平靜和平淡地跟 Sarah 過這一生，自己的事業又到了一個重要的轉折點時，他又會不能自拔地再次陷進去。他還未和瀟瀟說上一句話，心裏已經開始內疚了。

「嗯……」他感到一陣語塞，但很快尋回自信的語調：「沒有的。我是個很單純的人。我從來沒有玩弄過女性，也自問沒有對不起任何人。」

「有沒有舊情人仍在糾纏着的？」

「沒……沒有。」卓律明故意把眼瞪得很大，對着主任說。他開始覺得心跳口乾，因為他生怕被看穿；他從來不擅於說謊。

「那就好了。你的對手陣營，加上那幾張站在那邊的報紙，手段是可以很卑劣的，哪怕是雞毛蒜皮的事，讓他們抓住了不放，也可以無限放大。嗯，還有，你的家人親戚，包括你太太那邊，有沒有必須留意的人？」

「這方面不用擔心。我父母那邊的親戚真的沒幾個。媽守寡很多年了，聽她說只有幾個姐妹還在內地。Sarah 她移民美國多年，父母都不在了，只有一個哥哥在東岸開雜貨店，也不常見面。她哥哥好像有個女兒，但我沒見過。」

「最後——我知道你不會犯這種低層次的錯誤，但還是問一下——你家裏沒什麼僭建物吧?你那種獨立或半獨立的房子，準能找到一處半處僭建物的。之前已有幾個人高調地犯錯了，你應該很清楚。」

「你放心好了。我就只怕我的上手業主做過改建，去年找測量師看了一遍。沒問題。」

劉主任吁了口氣，好像放下心來的樣子。「你的諾雲也真是個好賢妻啊!又能幹。她辦的那些什麼『蒸氣瑜伽』課程是挺受歡迎的是嗎?她看起來還這麼年輕。律明，你的身體沒什麼毛病吧？」

「剛做過體檢，只是血脂偏高，我定期打高球和游泳，運動量也不少。醫生說沒什麼大問題。」

「能保持運動多好，看來我也要跟諾雲學習一下瑜伽了，可是運動這一塊我老是提不起勁，哼哼。律明，你不要介意我問，你們為何從來不生個一男半女呢？」

為何他老問些我不想答的問題呢？卓律明想。「這個，不為什麼，沒有就是沒有。可能是我的問題，也可能是她，順其自然吧。反正樂得清靜。」

「你們夫妻之間不是有什麼問題吧？」

「哪裏？我們挺好的。」

「那就好。特首夫人的位置很重要，做得稱職的話是股軟實力，可以為你加很多分。你看主席夫人她。你都跟諾雲談好了嗎？她可能很快便要結束她的瑜伽學校。」

「對，其實她早有心理準備了，還顯得很興奮的樣子。她透露過會把學校的事務交棒。不過這對她來說很為難。她是個工作狂，十多年來建立起的業務要一下子放手，也不容易。」

「沒事的。我對她有信心。特首夫人的工作會夠她忙的。」

平時跟自己沒有幾句話的劉主任，這時候淨問些私人問題，讓卓律明很不習慣。不過，之後劉主任再詢問了一些關於組班子的事，便沒有其他事了。他說他暫時會駐在深圳，方便在這個關鍵時期跟香港的各式人等會面。反正他很不喜歡北京滿是霧霾的冬天。

劉主任要把他送到樓下大門口。今天這棟樓特別清靜，經過的房間和會議室都沒有人影，只有他們兩人的腳步聲在走廊上回響着。主任邊走邊說：「律明啊，我不出兩年也會退了，但是我真的很為香港擔心。那些港獨和自決派，加上一批整天把法治掛在嘴邊，其實自己在破壞法治的民主派和大律師，他們再這樣鬧下去，是沒有好結果的，他們會把整個香港也拖垮。回歸都快二十年了，你說，是不是還有很多人在懷念英治時期，想給英國人再殖民一次？」

「應該是很少數的人吧。但很多人的確不想承認中國是他們的宗主國，因為在他們眼中，中國仍是個極權、貪腐，和沒有自由的國家。所以中央做出任何哪怕是迫不得已的動作，他們都覺得是在踐踏香港的高度自治權。他們只要兩制，不要一國。」

「可是歷史沒有給香港人這個選項。我以前還以為香港人是挺實際，肯面對現實的，但是我錯了。他們的標杆太高了，漠視了香港已是中國一部分的現實，完全不能體諒國家的難處。他們非常自私，也非常幼稚。」

「對，的確很自私。」卓律明嘆了一聲：「不過人總是自私的。我對香港人仍然有信心。」

「你這個態度是對的，但千萬要在防獨這方面加把勁。中央什麼也可以不管，但踩到國家主權這條線上，我們是絕不手軟的。特首他做了不少工作，但他畢竟老了，而且眼下已是個夕陽政府。以後就看你了。」

卓律明腳下的步伐愈來愈重。他以前也沒發覺從主任的房間走到大門口，路程竟有這麼遠。他沒有回應主任最後那句話。見到座駕正在敞着車門等候，便匆匆和主任道別，跳了上車。

車子飛快的開往他設在葵涌的競選辦公室，那裏有十幾個人在等着他開會。一出了深圳灣口岸，他便撥了瀟瀟的電話。剛才車子還在內地境內，他用漫遊手機打美國的號碼不太靈光，但現在傳來的仍是那句用美式英語請你留下錄音的訊息。

是她關了機還是通話中呢？試了幾次後他放棄了，反正她一定會再打來的，他想。他兩邊的太陽穴開始脹痛，他的腦子好像快要分開兩半，一半要全神貫注地籌備選戰，另一半卻被召回十幾年前那段他一生難忘的日子裏去。

他十年前回港後，換了香港的電話號，他仍是每年都發一次訊息給她，就是希望她保留着他的聯絡電話，有一天會給他回覆。他在每年三月十七日發出訊息，因為那是她離他而去的日子。他還會寫「今天是妳離去的第X年。」有時加上一句「我很好，勿念。」但每次發了這訊息後，他都覺得自己是個天下一等大傻瓜。

他現在已記不起那段艱難的日子是怎樣熬過來的。那年的三月十七日早上，他看見書桌上一張小字條，上面有她飄逸的一行字：「我已經無可挽回地變了心，請不要再找我。對不起。」他發了瘋似的去找她的同事、父母、朋友，和所有她可能認識的人，但他們都給他同樣一個訊息，就是：她說她和你分了手，以後不會再和你見面了。她的突然離去，似乎是籌劃了一段時間的，只是他專注於工作，沒留意到而已。例如在衣帽間，瀟瀟的兩大箧子冬天衣服已不見了；而偏廳那兩台古琴連琴架也早已搬走。

沒人肯告訴他瀟瀟搬到哪裏，他只能到她教授古箏的地方去守候她，但每次都被接待處的人趕走。最後那次，那裏的人說如果再見他來，便會報警說有人跟蹤騷擾范小姐。偶爾他留意到華人報章上有關於她的報道，包括她演奏會的消息。他也去過一兩場，特意買了前排的票，但她只是全神貫注地演奏，連眼尾也沒有向他望一下。

人的自尊始終有個底線，最初的憤慨、忿怨，慢慢降解為長期的沉吟和嘆喟。經過時日的沖刷，到了今天這把年紀，他已沒有懷恨她的理由，他也更能了解她那天的決定，一定不是草草作出的，因為他仍相信，她並不是真的變了心。同時他也明白，真實的原因他將永遠不會知道。

瀟瀟離去後唯一一次和他的「接觸」，就是在他在二〇〇三年結婚的那一天。他收到一束全是淺粉色的大花束，有淡黃的玫瑰和小蒼蘭、粉紅的風信子，和淡白的百合和鈴蘭，五種香氣在空氣裏混和着，他一看便知道是她送來的，因為這五種，不多不少，都是她最喜愛的花。小賀卡上有打印出來的一行字：「離你很遠的人，送上永遠的祝福。」他也曾向花店追尋過送花的人，但花店裏說是個像是信差的小伙，拿着現金和那張賀卡來買的。花店的顧客名單裏，也沒出現過 Cecilia Fan 的名字。

他終於等到她回覆的一天了。雖然今天的卓律明已不是當年在洛杉磯那個憨直的青年，不過，他仍是渴望聽到她哪怕是一言半語的解釋。但她的人仍然像他的夢境一樣，隱隱的在洛杉磯的夕陽裏晃動，只看見她的衣角在搖曳舞動，似是向他招手，又像是向他永遠地道別。

6 軍器廠街的啤酒

在商業中心區金鐘一旁的軍器廠街，是以前駐港英軍軍營的兵工廠所在地。香港的警察總部設於這條街道是出於偶然的，但總部內又的確有一個小型火藥庫。因為在總部的 May House 大樓，地庫有一個練靶場（這裏的幾棟樓，如 May 和 Caine，都是以英殖時代的幾個高級警官命名的）。這個靶場平時是警隊的軍裝同事練習射擊的場地，但在指定時段也供警察射擊會的會員租用作消遣和比賽之用。

武恭，總警司，是這個射擊會的主席。他天生是個槍癡，現在雖已臨近退休年齡，但對射擊的熱情絲毫不減，所以在他少有的工餘時間內，若不是在 Caine House 的健身房鍛煉體能，準會在靶場流連。說他是個天生射擊手一點也沒錯，因為他從來不用戴近視鏡，也沒老花眼，不但在警隊裏有神槍手之稱，在國際的警察射擊比賽中也屢獲佳績。他曾經多次率團到內地交流和比賽，因此與公安部和各地的武警等單位都混得很熟。

但自從被委派領導「號角小隊」的工作後，像今天下午這樣的空檔時間已很少有了。中央辦公廳警衛室的人昨晚從北京抵埗，本來約好在五時和他會面，但臨時說要改期，所以他便開溜，馬上來到靶場縱容一下自己。這幾個月真的太緊張了，很久沒有放鬆一下。中央辦是直屬國家主席的所謂「大內總管」，裏面的人不論是文職還是武裝，行蹤都有點飄忽，會議隨時會召開，約好了的會議又會臨時取消，武恭也見怪不怪了。天威不可測啊，他心想。

他戴着耳罩，手臂穩定地扳動着久違的 Glock 半自動手槍，感受那後座力和連環射擊時的快感。

但他是那種在休息時也不能完全忘掉工作的人。像「號角小隊」這樣的特遣小組，他已領導過多次了。雖然在每次助理處長級的晉升名單上，他都榜上無名，但每逢社會上有什麼大事臨頭，上級又會不期然地想起他。他一早接受了被歸類為「操作型」的人才，喜歡衝鋒陷陣多於在辦公室裏看文件、磨政治。這類人升到總警司已是「終極職級」，註定和最高管理層絕緣，但他們都甘之如飴，因為對他們而言，人生舞台在前線，而不是塔頂。在前線戰死，總比在高塔裏悶死強得多。

所以他非常滿足於現狀。他唯一不甘心的，是警隊的退休年齡定在五十五歲，因為他自問無論在經驗、心理質素、甚至在體能方面，現在都處於巔峰，這時候要他退休實在太浪費了。這次他又獲臨危授命，成立了這支十多人的小組來籌備與明年特首普選和國家領導來訪有關的保安措施，他簡直覺得自己是《三國演義》裏的老將黃蓋。與黃蓋不同的是，他正值五十四歲的「壯年」。

「喂，好武功，office hour 開溜到這兒，這回給我抓個正着了。」

這戴着耳罩都聽到的大嗓門，他不用回頭也知道進來的是他的上司，高級助理警務處長 Gordon Chiu。他年資比武恭淺得多，卻是他的直屬上司。才四十二歲，頭頂差不多全禿了，架着金絲眼鏡，像個生意人多於警官。其實武恭的直屬上司應該是負責刑事的助理處長，但武恭看不起那人，接受「號角小隊」任命時開出了條件，就是要直接向再上一級的趙高級助理處長負責，處長一口答應了。老將畢竟是可以恃老賣老的。

「Gordon，」武恭沒馬上應他，繼續再射了幾發，才摘下耳罩回頭向他說：「快五點啦，也不讓人透透氣？剛被中央辦的人放了鴿子，晚上還要和幾個隊員開會。什麼風吹你來？」

「惦着你啦，不行嗎？房間不見人，準能在這兒找到你。你的眼界還真行。最近有什麼新情況沒有？」

「本來想明天例會時向你詳細說的，現在你來了也好。聽說三月的選舉，中央會先來一撥人『踩點』，不是領導人級，但正部級也有兩個，要重點保護。最要命的是不能讓媒體知道。你說，我們帶着一大批平頭裝的內地阿叔四處去，加上我們那班威猛的兄弟，能不張揚嗎？」

Gordon Chiu 沒答他，只是繼續問：「那究竟是哪幾名官員？」

「恐怕最早要二月底才有眉目。」

「正常啊。好在這個你在行。你在『保護要人組』前後少說也有六七年經驗了吧？」

他陪武恭把手槍和子彈送回槍械庫，邊走邊說。

「還有，情報組的人說，『自決聯盟』那邊又在招兵買馬。他們在現階段還大致上是業餘式操作，主要從網上學習製造武器、炸藥和各種暴亂時用的工具，但有迹象顯示他們已愈來愈專業，最近還送了幾個人到美國和英國的地下組織學習與警察對抗的戰略。所費的資金也不少，來源還是以前那幾個，以美國那個什麼人權基金會最多。我會建議把我們的應對部署再升一級。」

「即是說，人手的要求也要增多了，是嗎？」

「可能在選舉當日要抽調數個區的人馬，還要準備動員大量輔警。這個我稍後會再寫詳細報告。」

「看來你在皇家國防學院那一年學的東西，都可以派上用場了。」Gordon Chiu 拍了拍武恭的肩膊說。

他們很有默契地步往樓上員工飯堂外的小酒吧，每人要了半品脫的生啤。這裏是一個警司級以上人員的專用會所，裝潢佈置還保留着殖民地時代的氣派，木料的地板和牆壁，那些厚重的沙發和窗簾起碼有五十年歷史了。旁邊一個偏廳放了張英式桌球枱。武恭骨碌骨碌地喝了幾口啤酒：

「回歸都廿年了，這裏還是以『品脫』來賣啤酒，真有意思啊！」

「有些東西確實是應該順着時代改變的，」Gordon 答道：「但變了卻不一定好，反而是以前的看着舒服。」

武恭嘆了一口氣：「說認真的，那批他媽的本土派，他們這樣鬧下去，能有什麼前途呢？我真替他們的父母難過。」

Gordon 若有所思地望着啤酒裏的泡沫，沒怎樣喝過。「這也難說得很。我兒子在外國唸大學，但從他的言論看來，若他在香港的話，說不定也成了他們一分子。而且，支持他們行動的，好像已不止是青年人了。我一個老同學，佔領行動那段時間，還和女兒一起在街上的營帳裏過了一個星期。那次之後，我們成了陌路人，在舊同學的聚會上，不想和他答話了。他表面上說怪不得警察，說警察只是在執行命令而已，但他的語氣有種敵意，我是聽得出來的。」

「可不是嗎？我有幾個幾十年的老朋友，就這樣斷交了。唉，香港為何要弄到這個地步呢？」武恭說。

「問題是，我並不覺得我們只是在執行命令。我的每一項行動，我都堅信是正確的。若不是最上級的指示，警察的行動早已升級了。要阻止衝擊警察防線的人，連放幾個沒有殺傷力的催淚彈也要挨罵，這個城市的秩序如何保得住？」

武恭沉默了一會，說：「啊，對了，你們幾個處長級的，手提電話換了之後，那些混蛋還能追蹤到你們的行蹤嗎？」

「應該沒有了，我們也再沒有收到那些騷擾的 WhatsApp 訊息。雖然我們仍未能破解他們用什麼方法，但理論上他們還是可以照做的。不過說來奇怪，這陣子他們好像突然靜了下來似的。Any idea 是什麼原因嗎？」

「Interesting，我們的線人也有類似的情報。聽說好像有一個重要的高層人員突然失蹤了，或者決定離開組織了，但不知是哪個。我們一直懷疑有一個高人在背後幫他們做策劃和網絡攻擊，可能就是他。」

「也許他有一個像你這樣的爸爸，被他發現後沒收了電腦。哈哈！」Gordon 乾笑了幾聲。

「真虧你還笑得出。你看他們最近舉着大英國旗去英國國會請願那場鬧劇。我在網上看到有英國網民寫的帖子，說我們英國根本不歡迎你們這些香港人，要來英國的難民已夠多了，你們也沒有被你們的國家逼害或虐待，幹嗎要收留你？」

「唉，我也曾以為今天的香港人比我們上一代人更幸運，更快樂，但其實都很悲哀。你快退休了，乾脆和老婆到大陸，找個山明水秀的地方移居去吧，那裏的怨氣少一些。內地是個如日中天的國度，我們困在這座城市，好像快要跟她一起沉淪了。」

武恭一邊搖頭一邊說：「我生是香港人，死是香港鬼，去不了哪兒了。我其實也不想退休。我的長俸夠我不愁衣食，拜託你們以後有什麼差事，儘管讓我做個義工，我也很感激了。」

Gordon 笑了起來：「那就好極了！我們就這樣定了。以後要再開什麼特遣小組，都由你來當幕後軍師好了。」說着兩人碰了杯，把酒一喝而盡。「喂，好武功，你還在怨什麼呢？聽說你跟卓律明挺熟的，他若當上特首，你也就真的不愁衣食了。到時不但不用退休，撈個保安局長來做也不是沒可能啊。又或者先做副局長也不賴。到時候我們都變成你的下屬了，我還要倒過來要你關照哩。」

「吓，你這是什麼話呀你！他是我中學的老同學，但畢業後各忙各的，後來他又去了美國幾年，沒怎樣聯絡。但這幾年透過一個社交群組，同屆的一幫人又聚攏在一起了。我老婆還在他太太那裏學瑜伽。他是局長，這兩年又成了大紅人，我已沒有主動找他了，免得以為我在巴結什麼。近來反而是他找了我好幾次。」

Gordon Chiu 的眼亮了起來：「咦，是嗎？找你談什麼？要你加入他的競選團隊？」

「哪裏！他想多了解一下我們這邊的運作，尤其是怎樣為中央領導人來訪作出準備等等。不過你放心，我跟他說的都沒有超越『need to know basis』的底線，也沒透露任何行動上的資料。但他有他的角度——『自決聯盟』在大學和很多所中學的滲透率愈來愈高，作為教育局長，他有權知道實際情況。其實，有一個線人正是他介紹給我們的。」

「I see, I see,」Gordon 一直點着頭：「有意思。說下去喔。」

「這個線人自中學時期已被愛國青年團那邊招攬了，教育局長跟這些團體一向都走得很近，資源方面少不免也有所傾斜。這線人進了大學後積極為自己『洗底』，表面上表現得很反建制，還頗為激進，成功混進了『自決聯盟』。」

「有意思。那你就好好把握和他的關係吧！不過我也有責任提醒你，卓律明已辭了職，前兩天做了公布參選的大秀，目前的身分已是一介平民了，你跟他說話時也要格外留意點。」

武恭只輕輕應了一聲。他昨天剛收到卓律明的電郵，邀請他周末到他家吃飯。他知道卓律明現在的身分不同了，跟他說話時還真的要小心些。只聽 Gordon 繼續說：「這場秀真的愈來愈精彩了。那邊廂孔志憲洩漏了些參選的風聲，卓律明這邊便馬上站出來宣布了，姿態上已讓他佔了先機。聽他講政綱也是頭頭是道，在記者會上的答問也很有條理。你這老同學真不簡單。」

「對。不過我們是兩個世界的人。打從中學開始，他就是個明星。我們這些『波牛』整天在球場上泡的時候，他已得了個青年發明家獎，我記得是個智能花灑什麼的，能定時給花草澆水，還在聯校科學展上展出。我對他真的很有期望。不少人覺得，像他這樣一個身在建制，但反對派又不太抗拒的人，是可遇不可求的。」

剛才聽 Gordon 說卓律明若當選的話，會給他一官半職，武恭很佩服 Gordon 的政治敏感度，因為這種事他自己連想也沒想過。Gordon 果然不是武恭那種「操作型」的一介武夫。

現在武恭認真地咀嚼那個可能性，還是覺得不太可能。即使卓律明真的要任命他到保安局工作，他也不會接受，因為他自知不是這塊料子。Gordon 那類人才是。他有信心卓律明是個知人善任的人，所以提醒自己，這個念頭休要再想起了。他退休後寧可到大企業當個保安主管，至少還能忠於自己的真個性。而且，他也不想失去卓律明這個朋友。

這時候武恭的手機響起，是組內阿聰的來電。他是剛從九龍總區增調過來的刑事偵緝總督察。

「武 Sir，發現了些情況，你方便過來一下嗎？」

他們兩人飛快地上了新大樓的頂層，「號角小組」辦公的地方。這幾個房間的保安系統特別嚴密，除了密碼還有面貌辨識。阿聰見是高級助理處長駕到，馬上站了起來敬禮。

「阿聰你坐下。」Gordon 說：「發現了什麼？」

「阿 Sir 你們看。」平頭裝，身材健碩的阿聰指向他的電腦屏幕，正在播放的那個片段他們都認得，是去年「自決聯盟」的人佔據香港國際機場時的現場情況。

這個場面武恭記得很清楚。那次事件令政府背了很大一個黑鍋，因為佔領機場的當天，一名負責香港事務的國務委員來港和特首見面，但警隊事前竟沒收到有人會搞事的風聲，所以機場警區的人員戒備，沒有達到應有的程度。十幾個已辦好登機手續的青年人，從一部把乘客送往登機的巴士上跳了下來，衝到停機坪上，跑到那個京官的航機要停泊的位置，賴着不走，拿出了幾面大型的英治時期香港旗向着天上舞動。雖然五分鐘後已被一隊機場特警制伏然後強行抬走，但當時剛好是那個航班即將要降落的時候，保安局為了安全起見，讓控制塔指令航機在上空盤旋了將近半小時才能降落。國務委員最後步出機艙時也一臉不悅和尷尬。更不幸的是，事件被人由頭到尾拍了下來，即時放了上網，馬上瘋傳起來。

這事件上，中央政府沒出來說什麼，但他們的不悅是可想而知的。政府內部聯同機場管理局，嚴正的檢討了機場的保安漏洞和警方的內部情報工作。最令人擔憂的一點是，航班的抵埗時間不是秘密，但要泊進哪個泊位，往往是降落前不久才由控制塔的空管人員決定，然後通知機師的。示威人士事前究竟是怎樣知道的呢？這是否顯示機場的空管系統已被人入侵了？

阿聰現在播給兩位上級看的，是機場閉路電視內的紀錄，鏡頭對着那個航班的乘客出口處，及附近一帶的情況，可以看見幾個有關的官員在門口候着，當時那批青年還未開始行動。阿聰把影片定了格，放大了畫面，聚焦到一個在遠處男洗手間外站着的青年，戴着口罩，不停在對着手機通話。青年矮短身材，架着厚近視鏡，看來約莫十七八歲。這樣一個不起眼的人，平時根本沒人會留意。

「Sir，你們先留意這個人。然後再看這個。」阿聰說，然後電腦屏幕換上另一個片段。那又是一個熟悉的畫面，是數個月前在人民解放軍駐港總部外的公眾地方靜坐的幾十個青年人。事件發生前不久，社會上風聞中央有鑑於香港的形勢愈發嚴峻，要從廣州軍區多派遣百多個人員來港「支援」駐港部隊。這消息當然沒有人出來證實或否認，官員們都以「純屬謠傳」來淡化，但在民間已引起了很大震盪。有議員要提出質詢和動議辯論，立法會主席以有關傳聞只是道聽途說而不容許，自己也遭到很大的批評。

影片是由在場的警方拍攝的，焦點是靠近地鐵站出口的位置，那個組織在那裏設了「司令部」。鏡頭所及，見到在廣場邊上的一個救護站旁，剛送來了一個因沒戴面罩而被催淚彈灼傷了眼睛的女生，幾個志願人員趕忙為她在眼睛上澆水。阿聰把錄像定格，聚焦到其中一個戴着口罩和架着厚片眼鏡的男青年身上。

「雖然戴着口罩，但似乎就是剛才機場那個，」武恭說。「他有什麼重要性？」

「我兩星期前才從九龍總區調過來，在那邊是刑事偵緝的。阿 Sir 你們可能沒印象，前一陣子在九龍城有一宗墮樓案，死者是名中六男學生。看起來似是自殺，不是意外，因為面向後巷的窗戶都是廚房和廁所，都裝了窗花，一定要到天台跳下去才死得了。但我們起初認為有可疑，因為跟死者的父親和學校社工談過，死者雖然有輕度自閉，但看不出有自殺動機。」

「那個死者就是片段裏這個？能確定嗎？」武恭問。

「死者叫容少明，十八歲。他的照片沒向傳媒公開，但我辦過這案子，所以看過他的照片。我在『號角』的任務是監察『自決行動』的所有動靜，翻看這批錄像時，我一眼便認出他了。雖然他都是戴着口罩的，但無論身材和臉都很脗合，相似度有九成以上。」阿聰說。「不過，雖然沒有自殺的動機，同樣也找不着謀殺的原因，所以最後還是定性為自殺案，反正最近這類學生自殺的案子也時有發生。」

武恭和 Gordon 對望了一眼。「若真是他的話，他的自殺便不能只看表面了。」Gordon 說。

「對，阿 Sir。」阿聰說：「所以，前兩天我和以前九龍總區的同事一起，再到死者家裏查訪。我們發現了兩件事：一，他們家裏的大門，有被撬過的痕迹，似乎是個老手所為；二，死者的私人物件齊全，桌面的大型電腦完好無缺，一部較小的手提電腦 MacBook Air 也都在。但據他的老爸說，死者平時是有三部電腦同時使用的。」

「三部電腦？」兩位高級警官都有點詫異。

「是的。是另外一部黑色的 **HP** 手提型電腦不見了。這兩件事有沒有關連，我們一時還未查得出來。但聽他學校的社工說，死者其實是一名電腦神童，只是不會在人前炫耀，平時的行蹤也是神神秘秘的，行事很低調。」

武恭問：「電腦神童？最近有情報說聯盟那邊似乎損失了一名重要的技術人員，他有可能就是那個人。」

「對了，阿 Sir，我們也是這樣想，就是未有證據。我已經叫我們的線人加緊探聽。」阿聰頓了一會後說：「這就意味着，容少明未必是自殺，而是被人推下樓殺死的，而偷去他電腦的人很可能就是兇手了。而且死者應該是認識兇手的，相約或被誘騙到天台，然後遭到毒手。」

「可以循這條線查下去。」武恭說：「但動機呢？」

「原來還有人比我們警察更想幹掉這些人。」Gordon 半打趣地苦笑。

「說實話，我認識不少人，思想也不是特別親建制的，說每逢在電視或報章上見到聯盟那幫人，便想揍他們一頓了。不過動手殺人又是另一回事了。」武恭說。「我相信聯盟那邊也未必知道容少明是被殺的。要抓緊時間。我有預感，這不會是單一的案子，很快會有下一宗。」

「Oh My God!」Gordon Chiu 低聲輕呼。

7 工廈的生日晚餐

秦恪，Peter，向公務員事務局遞上辭職信那天，剛好是他的三十歲生辰。他同時亦付了一個月的代通知金。他的上司卓律明是經中央政府任命的局長，只要中央批准的話，辭職可以即時生效，不用給離職通知。但 Peter 是科班出身的公務員，辭職要預早三個月前通知，若要即時離職，便要向政府賠償一個月薪金的所謂「代通知金」。

三十而立，一個男人事業的黃金年齡。秦恪有着內地移民那種鬥心和堅毅，從小就很清楚自己要走的路，無論學業或事業上，每個階段的成就都教朋輩們欽羨。遇上了卓律明後，即使他自覺正處於超速晉升的軌迹，也決定在這個關頭，沒有絲毫躊躇地，為自己轉換了跑道。放棄穩定薪高的政府職位而去為人助選，是場很大的賭博。但他更相信自己的眼光，認為卓律明能勝出的機會很高。而且他自己也不是沒有退路——考進政府之前，他曾在投資銀行工作了幾年，也幹出過一番成績。直到現在，他仍是不少獵頭公司的對象。

不過，他不想永遠只為錢工作，要投身某種公共事業的一顆心，一直呼喚着他。

他幾年前在科技局工作時，被當時出任一個科技顧問委員會主席的卓律明相中。獲委任為教育局長時，卓律明向公務員事務局點名要他來當他的政務助理。秦恪完全沒有做過教育工作，但卓律明閱人無數，亦深信出色的政務官都是萬能泰斗，新工作可以很快上手。從參選的意念開始萌芽那一刻起，卓律明便認定了 Peter 是他競選路上的左右手，可以為他籌措成立競選辦事處。Peter 行事周密透徹，有一般年輕人沒有的圓熟，中英雙語的表達能力極高。

這次選舉不再是以前的小圈子選舉。全港三百幾萬選民中，有三分之一是四十歲以下，誰能爭取年輕選民這一大板塊，就能獲勝。在競選辦內，卓律明極需要一個懂得怎樣和新一代人溝通，而且和他們「波段」一致的大腦。Peter 就是這個大腦。

其實秦恪將會「過檔」到卓律明的「競選辦」，一早已是官場內的公開秘密，他本人雖然守口如瓶，但到了後期，他的行藏已十分明顯，他口裏沒否認，也就等於默認了。他在公務員系統裏的上司——教育局常任秘書長李約克——也只能默許，秦恪經常和局長在沒有明顯公事需要時，長時間不知所蹤，又或者經常在會議上用手捂着手機，低聲竊竊私語。

教育局常任秘書長李約克，七十年代末加入港英政府當政務官。那個殖民地時代沒有今天政治任命的制度，管治的理念是「行政吸納政治」，把大學的精英招進政府，部長級官員都是由身為公務員的政務官中挑選出任，和一批英籍官員平起平坐。所以政務主任這個職系，或人稱 AO 的，是那個年代社會上的「天之驕子」。臨近九七回歸，港英政府為了扶植更多本地官員，而不少英籍人員又因為不想服務未來的中國政府而離職，讓不少本地政務官出任「司憲」級的職位，一九九五年更有第一位華人出任政府第二把交椅的政務司。

港英政府對政務官這個職系也算是栽培有加，目的當然是要讓他們承襲和發揚英國的公共行政制度和理念，甚至一套英式的價值觀。不過，英國人的手法高明，從沒有用過任何高壓手段來「洗腦」，只是一味潛移默化，讓你心服口服。政務官入職不久便會被派到英國的牛津或劍橋進修，讓他們被大英帝國的軟實力薰陶一下，還會到歐洲周遊列國，感受西方的政治及文化氣息。英國人對待殖民地的「臣民」（即香港市民）也用類似的手法。如果那時候有民意調查的話，香港總督的「支持率」肯定高於回歸後任何一位行政長官。

所以，李約克那個時代加入政務官行列的，都有某種合理期望，有朝一日可以（或起碼有機會）升上「司憲」這級，即今天的局長。一九九七年，在「平穩過渡」的大前提下，特區第一屆行政長官只能全數收下前朝的政務官作為特區的主要官員，有幾個更是末代香港總督的親信，所以勉強磨合了一屆，便搖起「問責制」的大旗，一舉撤換了最上的一層官員。

新制之下，產生了所謂「常任秘書長」這個新職級，用來安置（或可說安撫）原來做局長的政務官。像李約克這級數的政務官，雖然眼看政治前途一下子中斷了，但做了一輩子忠實的公務人員，也不會口出怨言。而且他們的薪酬條件並沒有削減，埋怨也不會有人同情。畢竟，他們當中有政治野心，甘願放棄較安穩的公務員生活的，只佔少數。這個「問責制」本來的目的是想提拔政府以外的政治人才，但後來的發展不如理想，這是後話了。

像秦愘這類在回歸後才加入政府的政務官，就完全沒有這個歷史包袱。雖然政務主任這個職系的「政治能量」已大不如前，但入職時的薪酬待遇，到今天還是比所有政府職位和大部分私營機構的職位為高。新一代有政治潛質、有野心的政務官也可視它為踏腳石，有人賞識的話便可跨躍幾級而成為政治任命的高官。李約克一早認定秦愘不是池中物，他能遇到這麼好的一個機會，也為他高興。

*　*　*

說回秦恪付給政府的「代通知金」，當然是由競選辦公室支付的。對卓律明來說，競選的經費不是問題。主動向他提供資金的企業、組織和個人太多了，選擇接受誰的捐獻反而最令他費神，因為他不想欠下太多人情，又不想學對手孔志憲那樣，來個什麼「眾籌」來籌募經費。他不用公開捐款人的身分，但最後獲他選中的捐獻者名單算是四平八穩的，各方友好也不得失。競選開支的上限在法律有所規定，所以捐款他不能多拿，而且開支方面要非常謹慎，不容超支。

他一來為了節省開支，一來要顯示他的「接地氣」，捨棄中環而選中了葵涌這棟工商兩用的大廈裏面積不大的一層作為競選辦公室。這個二百平方米的辦公室，在大廈的二樓，只能容下一大一小的會議室，幾個有門的房間，和一個較大的共用工作區。樓下有個工業地契不容許的食店，非法接駁的排廢氣喉管向着大街，視乎風向，不時有刺鼻的油煙味薰進辦公室來，所以他們總把窗戶關上。

卓律明的競選團隊很精簡，主要人員只有六名，另外加幾名行政助理、資訊科技員及清潔的阿姨。為首的主任是位剛退休的高級政務官，下面有從新港聯借過來的一名資深區議員，負責選舉部署和統籌拉票工作；一名大學政治系的講師和他的研究助理負責寫政綱；一名新聞處的前助理處長做公關、聯絡媒體和意見領袖們（現稱為KOL）的工作，最後便是Peter了。

這五名是全職員工，但在外圍還有不少人為卓律明出謀獻策，或義務提供這樣那樣的協助。這裏面包括一群由Peter召集起來的年青才俊，都是八、九十後的專業人士、藝術工作者和青年創業家。他們在工餘為競選辦攻佔各個主要社交網站，為卓律明管理他的網誌，並設計一些對年輕人富話題性的活動讓他參與。

最近一部諷刺政府和建制派人物的音樂劇十分火紅，成為網上熱話，主題曲也上了電台的流行榜。這劇的監製本來是個民主派，和孔志憲那夥人走得較近，但卓律明卻能夠在孔志憲還未察覺之前，搶先成了該劇的座上客。卓律明向記者豎起拇指的照片被傳媒大力報道，成功俘虜了不少青年人的心。劇中有個影射他的角色，找來一個上了年紀的反派演員來演。散場時記者問他對這演員有什麼評價，他拋下了一句：「不錯啊，不過佢好似無我咁大隻！」，向鏡頭舉起手臂，展示一個大力士的姿勢，然後在女士的尖叫聲中離開了。

不過這天，競選辦的氣氛凝重得可以戳出一個洞來。一月份的大寒天，黃昏的陽光射進沒暖氣的會議室，也沒有為圍坐在橢圓大桌子旁的這些人添上些微暖意。他們打從下午開始，天昏地暗地開會，桌上還留着外賣下午茶點的杯盤狼藉。不足十天之前，卓律明高調地宣布參選，手裏拿着六百幾張提名票。但這天早上，孔志憲卻挾着七百多個選舉委員的簽名，在一眾泛民主派的人簇擁下，聲勢浩大地宣布參選。他的記者會上，大批民主派的重量級人物為他站台當然是意料中事，但有點出人意表的是，坐在記者會嘉賓席上，有幾個卓律明一直以為是自己這邊的人，竟身在孔營，為孔搖旗助威。難怪他最近想聯絡他們，老是找不着。

孔志憲公布參選後，卓律明競選辦樓下，頓時來了一大批傳媒在守候他，他匆匆和主任斟酌了幾句，便努力裝作氣定神閑地走下樓。面對鏡頭的卓律明，可以馬上換一個人。他從容地向記者們說：

「我十分歡迎孔志憲先生參選，因為有競爭才有進步，因為香港——因為香港人——值得有一場真正的、有競爭的選舉。」

開了一整天的會，競選辦每個人的腦子都像是被掏空了似的。他們對未來一個月的工作計劃作出了頗大的調整，又針對現在已「浮上水面」的孔營人物，重新作出游說的部署。競選辦主任分配了各人的工作後，大家趕忙分頭行事。最忙的不是競選辦的主任，而是Peter，因為他負責動員在外圍的各個支援組織和那個由年青人組成的網絡，人馬遠比這辦公室裏面的多。

直到晚上九時，大伙兒都走了，只留下走廊的一盞殘燈，把整個辦公室照得更陰冷。Peter還在不停地通電話，放在桌上的兩部手機輪流在響，直至他的聲帶和喉頭開始感到灼熱，口乾得舌頭也像卡住了似的。他停了下來，閉起眼，用指頭摩挲着脹痛的太陽穴。這時，在口袋裏的第三個手機響起來了。他一直在等這個電話。

「Happy Birthday, Peter.」電話裏一把溫柔的女聲說。

「Thanks. 終於等到你打來了。今晚脫得了身嗎？」

「什麼脫不脫身的。Peter，我是個有自主意志的人啊！今天這麼多事，我就想，你準還在office。我買了個蛋糕，和你最愛吃的牛雜和生炒糯米飯。我就在附近，這就拿過來，好嗎？」

他一聽見有吃的，才想起今天午飯也來不及吃，肚子裏一陣飢餓感突然來襲。她的電話叫他的心躍動起來，但他一向喜怒不形於色，所以用平靜的聲音說：「太好了！你到樓下時再給我電話，我下來接你。這一帶夜裏蠻靜的。」

他掛了電話後，耳內仍迴盪着她的聲音。她的聲線較低沉，有種不經意的性感，就好像是一種潤滑劑，撫平了他過度繃緊的神經。他以為今天見不着她了，但她竟還是記得為他慶祝生日。他的嘴角不禁泛起了一絲微笑，但笑意只是一閃便從他面上消失了。他想到，她說不定是從那個男人那邊直接過來的。

過了一會，有人拍了拍他房門。玻璃門外是卓律明，原來他還沒走。他邊開門走進來，邊說：「Peter，無論有什麼情況，今天也應該早點回家吧。」

「今天有什麼特別，Cliff？」

「今天不是你生日嗎？別以為我不知啊！Happy Birthday, Peter!」

「噢，多謝！」

「剛才在跟誰通電話了？挺開心的樣子。有人和你慶祝生日吧？」

「我今晚……是，我約了女朋友。」他有點靦腆了。

「看得出來啊！你也沒必要把女朋友收得那麼密。什麼時候介紹給我認識？」

「好的，當然。其實，她也是你的粉絲。」秦恪覺得有點難為情。這一段時間裏，卓律明和他相處的時間，比自己的老婆還要多，兩人可說是形影不離，在公事上無所不談。不過他們很少談及私事，更何況是感情生活了。卓律明當然沒跟 Peter 提過范瀟瀟。他暗自慶幸，今天的政界好像還未有人知道范瀟瀟的事。

「你的生日其實是 Sarah 前幾天提醒我的，她建議我們幾個人，小範圍地吃頓飯，但一忙便忘記了。我們改天再給你補回。」

「真的不用了，Cliff，這是非常時期。明年吧，地點我也選好了，就在禮賓府！」

兩人笑了起來。房門一直敞開着，可以望見辦公室的大門，就在這時候，辦公室的正門突然打開，一個長髮披肩，穿仿貂大衣，腳踏閃亮黑漆皮高跟鞋的女人踏了進來。她一手拎着兩個購物袋，直走到 Peter 的房門前。她看見站在秦恪桌前的卓律明，有點不好意思地向他打了個招呼：「卓先生，你好。這麼晚你還……」她袋子裏透出了五香炆牛雜的氣味，開始瀰漫着房間。

卓律明見到是她，表情比她更愕然。「噢，是 Giselle！」他不禁望向秦恪，秦恪只好靦腆地笑了笑：「沒必要介紹吧？」他低聲向 Giselle 埋怨了一下：「不是說好先打電話上來嗎？」

「你們不用這麼鬼祟了。」卓律明說：「你們這對真是 perfect match，我是應該早料到的。可是 Peter 一直在扮宅男，連我都給騙倒了，還以為你沒膽追女生。Peter，真有你的，這麼忙也能找到 work life balance。」

「別笑他了，是我先追他的。」Giselle 把眉毛一揚，笑着說。「你看，我把自己和外賣都送上門了。今天是 Peter 的生日，卓先生，你就先吃了生日蛋糕再走吧。」

Peter 這小子真有眼光，他心想，把心裏冒起的一絲嫉妒壓回去。卓律明很清楚知道自己比一般男人幸運，因為愛慕他的女性很多，所以他有很多選擇，需要找異性友伴時，也不用費太大的氣力。當年范瀟瀟走後，他自覺有需要找個人結婚，Sarah 又剛好出現了，所以理所當然地跟她結了婚，前後也不用兩個月。不過，真能吸引他的，是那些高傲冷漠、對他的魅力完全免疫的女人，就如面前這個。他不知為何自己會這樣犯賤。

剛才 Giselle 的話，卓律明聽起來有點大膽。他決定乘勢吃一下她的豆腐：「屬於 Peter 的東西，我就不好分享了。Oh, Giselle，我指的只是這蛋糕。」Giselle 風情地撥了撥額前的長髮，格格地笑了起來。在 Peter 還未反應過來之前，卓律明改了話題：「Giselle，你的高司長最近還好嗎？」

「還好啊。開始倒數着離任的日子，當然不比你忙了。只希望你少一點批評現屆政府那『過於保守』的理財政策，她便非常感恩了。再加上你的對手也是天天有新招，罵我們更加不會手軟。我現在每天都像是在救火似的。」她斜瞟了卓律明一眼：「不要生氣啊，說說笑而已。」

但卓律明憑她的語氣，弄不清她究竟是在說笑還是認真的。他只覺得面前這個女人有一種他永遠觸碰不到的深度。他只好說：「那好辦，我以後只說將來，少一點批評今天的政策。行了嗎？」Giselle 只微笑不語。

接下來是個三人都不語的冷場。他開始覺得是時候引退了。他看了看腕錶說：「不早了，你們兩口子吃你們的蛋糕吧！Peter，明天見。」說着，他逕自披上大衣，打開大門走了。他一邊走，一邊不禁想，他走後，他們兩人會繼續幹些什麼呢？

秦恪望着 Giselle 默默地拆開了蛋糕盒子，把附送的一支細長蠟燭插在心形小蛋糕上，用火柴點亮了。小火舌在幽暗的房間舞動，把她塗了鮮紅色口紅的雙唇，映得更紅。Peter 走到她身後，把她的皮毛大衣卸了下來，雙手隔着針織裙子撫摸她腰和胸的線條。她迎合着，呼吸變得急喘。她轉了身，一把攬住他的脖子，猛力地和他吻起來，手指抓弄着他後腦短短的髮根。他們吻得很深，很濕。不知過了多久他們才把對方鬆了開來，一起抽了一口大氣。

秦恪用手抹了抹嘴上的唇膏。剛才跟她在舌尖上的糾纏，帶來莫名的快感，因為摻雜了一點偷偷摸摸的興奮。Giselle 在政務官的圈子，甚至整個政治圈裏，是個頗為觸目的人，因為政府的高層女性官員，大部分外形都不怎麼樣。Giselle 憑着一副模特兒的身段和入時的衣著，成了十分出格的一個。她幾年前在保安局工作，在一個公共論壇上為一條法例草案辯護，看過那段新聞片的人都為之眼前一亮，她也成為政治版記者追訪的對象。

但 Giselle 的為人卻很低調，與人保持着距離，這更為她添上一層神秘感。所以傾慕她的男生，都只好遠觀，不敢挨近。卓律明也曾問過 Peter 關於她的事，明顯對她有好感，所以 Peter 一直不想讓上司知道 Giselle 正跟他來往，今晚 Giselle 卻提早上來，被他「撞破」。他心想，這也沒什麼大不了的，一切順其自然吧。

不過有些事是不可順其自然的。大約個多月前開始，他發覺 Giselle 的行蹤有點怪異，有幾次老找不着她，手機關了好幾個小時，家裏的電話也沒人接。不過因為自己也實在太忙了，沒有權利要她清楚交代每天的行程。他隱然感覺到有個男人的存在，是因為那次嗅到她身上的雪茄味。他知道那晚她是陪高曼盈出席一個婦女界的聚會，不可能有人在她附近抽雪茄。不過他沒開口問。至於今晚，她說上司要把她留着，準備和國家發展改革委員會商談事項。但他知道，發改委的訪問團下星期才到，高曼盈很少要 Giselle 預早為她準備的。這次他真想開口問了。

「Giselle……你今天……」

「噢，蠟燭都快燒完了！」Giselle 沒聽他的，卻搶先說：「快點，make a wish！」

秦恪真的沒想過要許個什麼願。他此刻最想的，就是和 Giselle 在這個小房間內待着，哪管外面發生什麼驚天動地的事，直至永遠。他閉上了眼睛，心裏的願望是：Giselle 可以和他毫無保留地，坦誠地相處。但他不能宣諸於口，因為聽說，許願是不能說出來的。

「願許好了吧？快拿刀叉來切蛋糕。這個糯米飯還是熱的，要趕快吃！」Giselle 逕自走進茶水間拿了刀叉和兩個塑料水杯，然後在冰箱裏拿了一瓶意大利 procsecco 汽酒出來。

他心想，又錯過一次開口問她的機會了。

「Happy Birthday, Peter!」淺金色的汽酒盛在塑料杯裏很不相襯，但他們也隆重地碰了杯。

Giselle 好像胃口不大，吃了兩口蛋糕便停了下來。她看着秦恪默默地吃。她理解他現在的心情，因為他們的競選工程，今天遇上了很大的打擊。她低聲問：「你看他們今天宣布那個『全港大專撐孔大行動』，真能搞得起來嗎？」

「他們這一招也是我們意料之中的，不過規模比想像中大。十大院校的學生會也聯署了公開信，他們會有很大的動員。不過我們在大專這一塊也下了不少功夫，他們不可能完全壟斷大學生的票。我們明天在網上會有所回應。我們這運動從現在開始要轉檔了，要高速前進。」他頓了頓，問她：「你看怎麼樣？」

「我對你們有信心。這次選舉並不是以前那種二元化的對決。Cliff 能覆蓋的政治光譜比較闊，最激進的那一類人，例如學生會分子，你們是搞不定的，只好放棄了。他們也不是真正能夠左右大局的人，中間游離的選民才是。在一人一票的全民選舉，兩個候選人在個人能力和履歷都旗鼓相當時，個人魅力和主流媒體的意向更為重要。」

秦恪自己也有類似的想法，但由Giselle說出來，他覺得特別貼心。她會是故意說些自己喜歡聽的話嗎？他是個非常專注事業的人，女孩子的事，他不會花很大的心思；所以有時候Giselle說的某些話，他不能完全弄懂她的意思。她明明是個精明能幹的人，但偶然會為一些很小很傻的事發起脾氣來；又或者為一些他始終參透不了的事而狂喜。他有時會覺得不勝其煩，但偏偏就是她那份不可預知性，令他感到特別興奮。

「這也大概是我們的想法。不過Felix很聰明，和自決派那幫人劃清了界線，沒讓最激進那幾個為他站台。那個Johnson仍然活躍，但口裏並沒有說支持任何人。我們留意到最近民意方面有點異變，不能不小心。還有……」Peter嘆了口氣說：「不怕狼一般的對手，只怕豬一般的隊友。」

「什麼意思？不是說你們這一隊吧？你們的隊形蠻不錯的。」

「不是團隊的人。是那些在外圍愈幫愈忙的人。他們經常盲目地喊些愛國口號，口不擇言。我們隨時會因此而失分的。」

「可不是呢。他們都是有良好意願的，可能是個人質素的問題吧。」

他離職後，還未完全覺得自己已經脫離了政府，而且多少覺得他重返政府工作只是遲早的問題。這競選期間，Giselle 是他和政府之間的一個「線人」。他常要她跟他說他的「舊部」的近況，一些政治人物的八卦新聞，和一些政務官圈子關注的事。他們一邊談，一邊開懷地吃，桌上的食物已所剩無幾了。飯吃好了後，Giselle 的口紅也褪了色，雙唇變回自然的蜜桃色。秦恪的記憶中，好像很久沒有像今晚那樣開懷大嚼了。他從來說話不多，更不懂說女孩子想聽的話，所以他們交往了半年多，但他還未弄清 Giselle 究竟為何喜歡上自己。他低聲說：

「Giselle，這個晚上……多謝你。這一頓是我最難忘的生日晚餐。」他忍不住湊了過去，輕輕地又在她唇上吻了一下，撫摸她柔滑的長髮。她的頭髮很冷。

Giselle 這時又陷入了一個很自我的狀態。Peter 留意到她最近有時候無端端的會把自己封鎖起來，眼睛定定地望着面前某個焦點，良久不語。他不懂怎樣開口問她，便假設這是她工作太累的關係。

他試着問她：「還是談一下你自己吧！你有打算一直留在政府嗎？你也應該知道，Cliff上場之後，會有很多地方用得上你的。」他曾聽她說過，她在美國的父親很想她回去打理他的業務。

她好像從睡夢中甦醒過來的樣子：「噢……我，我倒沒怎麼想過。當政務主任雖然很累，但總算穩定。你也知道我是個低調的人，政治任命這行飯，不知道吃不吃得來。如果連AO也幹厭了，我就回美國去唄。」她頓了頓，斜視着他：「其實我覺得你也不是太適合政治工作。不過你不同，你有野心和權力欲。野心往往可以改變一個人的。」

「Giselle，我並沒有你說的那種野心。我只是小心選擇面前的路。命運把某個機會放在你面前，你不能顧慮太多。其實……」他低頭傻笑了一下：「我更想當一個軍事分析家。」

她噗哧地笑了。她望着他那個平頭陸軍裝，粗眉大額一副憨厚的樣子，忍不住伸手又去撫弄他頸後扎手的髮根。「對啊！你還真像一個獃軍佬。你房間裏堆着的那些軍事雜誌，我一點都看不進去。你不做AO的話，就走到一個愛國的政黨裏，做個調研部主任吧！你應該會入型入格。」

「你說你這身打扮又很AO嗎？我認為，你倒像是反對派裏面的人。他們當中不乏富有個性魅力的人。我見你每次要唱國歌時，總不能肅立，很不耐煩的樣子。」他忍不住用雙手捧起了她的面頰，笑着問：「告訴我，你是個臥底嗎？」

Giselle噗哧一聲笑了出來：「哈，原來你也不是完全沒有想像力的。你這個宅男，看來也是那個自決女神Angie的粉絲吧？」Giselle一口把杯裏的汽酒喝光：「對啊！或許我真的要投身到孔志憲的陣營去。和你打對台。想想也讓人興奮啊！」

Peter望着她笑到瞇成一線的眼睛，突然感到一陣性興奮。他又想挨近她索吻，卻被她推開了。她用手按在他唇上：「你別急呀。Peter，跟你說正經的，我想你跟你老闆說，我暫時不想人知道我們在一起，讓他別告訴其他人，可以嗎？」

他不明白她為何也想他們的關係保密。他應了一句，便和她一起把桌面清理好。Giselle穿起了仿皮草大衣，主動摟着他的臂膀，輕聲問：「Your place or my place?」

8 赤柱海風

南中國海的風，透過那道敞開的落地玻璃門，從卓律明這座半獨立屋的平台，吹進了客廳。不久前，黃昏的太陽還把遊人疏落的赤柱泳灘照得粼光片片，現在卻迅速地墜落坐在西邊群山之間。

這座半獨立的 town house 房子，是卓律明十多年前仍在哈佛教書時買的。他剛賣掉自己的初創公司，發覺自己手上拿着連想也未敢想過的一大筆錢，便毅然買下了這套經紀朋友極力推介的房子。他倒不是特別看好香港的地產，但他始終心繫香港，回港是早晚的事。結果，像所有沒對香港失去信心的人一樣，他得到豐厚的回報——這房子的市值已翻了兩番，比他一輩子搞科學和教書所能賺到的錢還要多。有類似經歷的人，他還認識不少。

武恭警司獨自坐在這個大宅客廳的沙發上，呷着傭人為他遞上的啤酒。正如他上司的戲言，卓律明昨日果然向他開口，希望他出任保安局的副局長一職。但願 Cliff 不是借這頓晚飯來勸我答應他的請求吧，他想。他問了自己幾十次，但還是說服不了自己去當一名問責官員。這時候的自己，仍是多麼希望當個射擊教練，仍然打算下一番苦功來參加分齡組三項鐵人賽。他決定今晚要堅決地回絕他了，反正他也不習慣拖拖拉拉。但他又不想因為拒絕加入卓律明的領導班子，而得失這位老朋友。

他開始覺得有點不耐煩了。卓律明約他大概六時半到，說想跟他在晚飯前先喝一杯。身為紀律部隊人員，武恭從來不遲到，但現在電視上已經開始播七點鐘新聞了。一直在廚房和傭人一起做飯的卓太太 Sarah 穿着圍裙走出來，看了看壁上的掛鐘，埋怨着：

「這麼晚還不回來，真對不起啊，武恭 Sir ！你知他最近的日程，簡直是 crazy 的。你還要加點啤酒麼？」

他婉拒了。他端詳了她一會。可能因為長年操練瑜伽的關係，這個五十開外的女人，身上沒半點脂肪，還是經常跳跳蹦蹦的。他到卓家時，剛好見到 Sarah 拿着大包小包的回家。作為候選人夫人，又要做導師，真不容易。她不是典型的美人胚子，但嘴角似是帶着一絲恒常的微笑，黝黑細滑的皮膚散發着健康神采。她濃密的眼睫毛是天然的眼線，框着大大一對眼睛。所以在鏡頭面前，她總是只化一個淡淡的妝容，穿著很素淨，滿有自信地伴着丈夫，偶爾向他投以一個溫婉的眼神。於是觀眾的眼球，往往是這樣從卓律明身上被吸引過去了。女性選民都有某種自我身分投射，希望「第一夫人」是個可以獨當一面，而不是依附着丈夫生活的人。

武恭當然理解，這位特首候選人朋友的日程是何等繁忙，所以有心理準備他可能會很晚回來；如果發生了什麼突發事件，爽約也是有可能的。所以他很有耐性地等下去。

他此刻覺得心煩意亂，其實是因為「號角小組」最近收到一些令人十分擔憂的情報，顯示未來幾個月內，將會有幾批不同的人在香港搞事。其中最重要的消息，是說一些疆獨或是藏獨分子，會在明年年中領導人來港主持就職時「發難」，聽說還派遣了先頭部隊來香港，勘察地形和選擇下手的地點。另外一個消息是海外（主要是美國）一兩個針對中國共產黨的組織也會在近期來港，要做什麼則不得而知。

受外國政府支持的反共組織，一直在香港有活動空間。他們當然不能進入內地，在香港，警方和入境處也有應中央的要求，對這類人會有不同的處理方式。雖然政府的一貫口徑是「我們沒有黑名單」，但試問哪個國家沒有一個禁止入境的名單？只是名稱不同罷了。最高層次的，包括那位流亡海外的西藏精神領袖，或者一些國際知名的民運分子，這類人若要進入香港，恐怕特區政府沒有權力批准，而國際社會也應該諒解的。其他次一級數的，如什麼國際民權組織，特區政府若拒絕入境，對外也不好解釋，不過讓他們入境後，會視乎情況而採取某些監控行動。

令特區政府大為震動的，當然不是這些動口不動手的人，而是那些動手不動口，不惜採取武力甚至恐怖手段的組織。港英時代，只有六七暴動時期出現過炸彈，但都是土製貨，不是有組織地製造和有策略地施放的。回歸這廿年內，雖然每次領導人來港都會把戒備級別提到很高，但特區警方從來沒收過會有確實恐怖襲擊的情報。武恭心想，在將近退休的時候讓他遇上這個如此大的挑戰，可算是不枉此生了。但興奮之餘，他十分擔心香港警方以現時的裝備和訓練，可能對付不了這類恐怖組織。聽說藏獨疆獨那些人，很多是到過中東等地接受「正規」恐怖襲擊訓練的。而且，如果一個人連性命也可以不顧的話，任何防禦措施都是不管用的。

他最大的難題還不止於此。他今早把最教他苦惱的問題告訴上司 Gordon 時，他是這樣反應的：

「What？你是說這個情報不是來自我們國家的？」

「嗯……對，是來自MI6的。」

「英國的軍情六處？Oh my God，你以為現在還是殖民時代嗎？」

「我們……和英國那邊一直保持着很緊密的聯繫，他們一個負責亞洲情報工作的處長，是我在皇家國防學院的課程上認識的。他對應付伊斯蘭教的恐怖組織很有經驗，知道他們正在新疆招兵買馬，想竭力拓展他們在中亞和遠東的影響力。這個消息就是他傳給我的。」

「那你們有沒有向國內通報或查證過？We need some corroboration here.」

「有，」武恭低了低頭，輕聲說：「但是，但是……」

「但是什麼？」

「他們並沒有這個情報，而且很懷疑這個消息的真確性。」

Gordon把兩手攤開，翻了翻白眼：「好武功大哥，那你叫我應該鬆一口氣還是更擔心好呢？國家對自己境內那些獨立組織的情況是掌握最多的，如果他們都說沒有，而你卻去相信你的洋專家，你還嫌不夠忙嗎？要起動反恐戒備，是要動員很多人，要找資源的，這個你不可能不知道。資源本來不是問題，但我不能只憑你那位英國朋友的一面之詞去說服上級批錢啊！」

他開始有點惱火，但竭力平伏自己，之後再說：「好武功，他們為什麼要把這消息告訴我們呢？我們的正規聯繫點，一直都是英國警方，是蘇格蘭場，不是MI6啊！」

「這個我明白。但請你看看他寫的報告再說，」武恭把一直拿在手裏的文件放到上司的桌上：「他們是絕對有理由給我們這些情報的。他們需要全方位地遏止這些伊斯蘭組織繼續擴張勢力，要盡量限制他們在國際上的活動範圍。他們和中國也有情報互通的機制，但最近運作得好像不太暢順，因為上個月英國在國際間聲援香港的獨立分子，上星期我們又拒絕了兩個反對中國的國會議員入境香港，兩國的關係弄得很僵。這方面的交流都因此而中止了。」

「所以英國人就想繞過中國來找我們？我總覺得這樣做有問題。」他一邊翻看那份報告，一邊說。

「但我們畢竟收到這麼一個情報，難道可以什麼都不做嗎？我們就拿幾百萬市民的安危作賭注嗎？」

Gordon 開始沉吟了。武恭見他似乎有點動搖，便繼續說：「其實我那位在 MI6 的聯絡人很願意來香港和我們的高層見一次面，到時你們便可以了解得更清楚了。他更說，有一些特種訓練是很適合我們的手足去參加的。就在距離倫敦不遠的 Cheltenham。」

Gordon 聽到這裏，似有所悟地說：「哦，我明白了，原來你那位朋友是想來香港作一次公費旅遊的，順道為他們辦的課程招攬些學員，一舉兩得，多好啊！」武恭正要反駁，他卻揮了揮手說：「Sorry，開玩笑的。我會先看看你這份報告，然後我們再談，好嗎？」

武恭見再說下去也沒意思，惟有說一聲：「Thank you, sir.」正想離去，上司又開口了：「好武功，那個墮樓案查得怎麼樣了？聽說有些新線索，是嗎？」

「是有些新發現，但沒有什麼突破性的進展。那棟舊式大廈當然沒有閉路電視，但隔兩座的便利店外牆上有一個，看到出入那大廈的人。我們敲定容少明的死亡時間是凌晨兩點左右，翻查當晚的錄影片段，看見在 02:16 有一個頭戴鴨舌帽和口罩的人急步從大廈出來，揹着背包，手裏拎着一個購物袋，從鏡頭的相反方向走去。雖然只見到背部，憑裝束看是個瘦削的男子，一點八米左右，年齡無從猜測，但看他的步伐矯健，應該在二十五至四十五歲之間。」

Gordon 沉吟了一會，說：「那棟大廈只有六七層，每層只有兩個單位，出入的人不會很多，在那個鐘點出現的人，很大機會是和案件有關。」

「對，」武恭嘆了口氣：「但線索就到此為止。我們猜想他手裏拿着的可能就是那部不見了的 HP 電腦，裏面的資料我們永遠無法尋回了。我們拿了錄像截圖的硬照，在附近挨家挨戶地問過一遍，也沒結果。」

「死者學校的社工有接觸過嗎？」

「接觸過不止一次了，但她沒印象。她說平時死者很少對她提及自己認識什麼人，看來有很多事瞞着她，但愈問他就愈防備着。」他們都靜了下來。然後武恭問：「Gordon，我想報告另一件事。」

「你說！」

「自決聯盟那撥人，我們是盯得很緊的。我們每星期都要向聯絡辦那邊滙報情況，因為中央派了一組人員下來，長駐在西環……」

「咦，我們何時開始和聯絡辦有從屬關係了？向他們『滙報』？」

「你叫什麼都好，就當作是互通消息吧。畢竟任何分裂國家領土的行為，中央政府是有權知道的。」武恭用了頗為堅決的語氣。他見 Gordon 低下了頭，沒作異議，便說下去：「尤其在發生了容少明的案子後，我們也加緊監視陳達剛、Johnson Li 和人稱『自決女神』的戴安琪 Angie，因為擔心他們當中會再有人被害。」

「你說得對。到目前為止，公眾還未知道容少明的自殺案有可疑之處，而且他不是公眾人物，在自決聯盟的角色還沒有曝光。但如果你剛才說的那幾個之中，再有人『被自殺』，那將會是極為轟動的案件，尤其是在這個極為敏感的時刻。我可以想像，姑勿論犯案的是誰，這將會是香港有史以來第一宗政治謀殺！」

武恭眉頭深鎖着說：「也許不是第一宗吧。電影《十月圍城》裏有個叫楊衢雲的革命烈士就是在香港遭暗殺的。看過嗎？好像是張學友客串的角色。」

「啊，我記起來了。Anyway，若是在競選時期發生，肯定是一宗轟動的政治事件。容少明的案件到時亦會有人抖出來。民意將會來一次大逆轉！到時，孔志憲的支持度可能會超前了。」

「就像阿扁那一槍的效果一樣！」武恭說。驟然間，他們的腦裏同時閃過一個可能性，就是：民主派陣營會使用苦肉計嗎？但他們看來又不似有這樣的膽識。武恭嘆了口氣說：「不過，我們到目前為止沒有發現什麼異樣，倒發覺有幾個不同的人，一直在跟蹤着蔡正威。」

「蔡正威？聽說他已經向孔志憲投誠了。他最近轉趨低調，也是策略性的，以免孔陣營蒙上大反派的色彩，失了中間派的票。跟蹤他的是什麼人？」Gordon問。

「他們分兩類。你看過最近在網上流傳那個自拍視頻嗎？在樂富郵大街上，一個中年漢拿着手機追着蔡正威，一邊大聲喊：『賣國賊！快來看賣國賊啊！你快賠我生活費！』蔡正威於是一邊避走，一邊拿出了自已的手機反過來拍他。這個人出現過幾次，每次都只是叫囂大罵，沒有動過手。蔡正威又說有一次那人更說過類似要『砌低』他的說話，所以他開始感到害怕，並要求警方介入。但他沒有向新聞界說，可能是你剛才提及和選舉有關的原因，所以公眾暫時是不知道他曾報警的。」

「那男人你們應該找到了吧？他說的是什麼生活費？『砌低』算不算刑事恐嚇？」

「比起之前那個建制派議員說『見一個殺一個』，應該沒那麼嚴重吧。」武恭說。

Gordon 想起那個兇神惡煞的反港獨議員，不禁笑了出來。武恭解釋：「那男人是個地盤散工，說很憎恨那些在議會拉布的議員，因為不知多少個大型政府工程因此被卡住，沒撥款，上馬遙遙無期，現在整個建造業都很慘淡。他說自己已經兩個月沒工開了。但我們肯定，他不是真的有意要傷害蔡正威的。」

「你說有兩類人，那另一類呢？」Gordon 問。

「那男的被我們抓去問話後，便再沒有出現了。奇怪地，最近換上了幾個中年婦人，就是在公園跳大媽舞的那種類型。她們表面看來是他的粉絲，總在樂富邨第六座他家附近出現，有時一個人，有時兩個一起，會把一些自製的小吃送他，例如腐竹糖水、蘿蔔糕之類。」

「那有什麼不妥呢？」

「奇就奇在她們的態度。真的粉絲應該很熱情才對，但她們卻好像是例行公事地和他打招呼，送上小吃便走了，也很少和他說話。蔡正威起初沒懷疑，但幾次之後，開始有被她們監視多於被愛戴的感覺。他每天出門和回家都沒有定時，所以她們應該是長時間在那裏守候着的。我們派女警員去問過，她們的確是那裏的老街坊，是背景沒什麼可疑的家庭主婦。但她們對警務人員不太客氣，囂張地說：『我們是支持蔡正威這個大反對派，難道這是犯法的嗎？』」

「所以蔡正威也開始害怕起來了，是嗎？」

「是的，連她們送的食物也不敢吃。警方有建議拿食物去驗毒，他說已經丟掉了。但這幾天再沒見到這些女人。看來只是怪事一椿。只想順帶告訴你，因為上級他們可能知道一些我們不知的事。」

「嗯，thanks，不過我也沒頭緒。」之後 Gordon 有事，便打發武恭離去了。其實武恭也想向 Gordon 報告一個最近來自某海外反華組織的消息，但看他趕忙要出去的樣子，便擱下了。

武恭坐在鬆軟的大沙發上，啤酒早已攤暖。他回想着今早和上司這番談話，不覺面頰已被風吹拂得有點僵凍。他們早上談的，和正在烈火中燒的選戰，可能扯上了關係，而他現在卻以朋友身分，置身於那個頭號候選人家中的大廳。應不應該告訴卓律明？他一時拿不定主意。

幾十年的紀律部隊工作，養成了對上司的服從性，但這種服從不是盲目的。早年那幾宗大案子，就是憑着自己在前線拚搏時的直覺和反應，最後立了功的。要是完全依循上頭的指示去辦，根本破不了案。不過這次非同小可，沒有上司的認同，他真的不能輕舉妄動。他愈想愈煩，走到平台的門檻，透過半開的滑動門，凝看對面岸華燈初上的豪宅區。初上的半月，在海上畫出一道閃爍的銀線。他想，香港本來是可以很美、很平靜的。這個他打算老於斯、死於斯的地方，是什麼時候開始病了？即使卓律明真的勝出，這個城市的裂痕是否就可以撫平呢？

一直在廚房燒菜的 Sarah，聽到車子回來的聲音，馬上跑出來在大門口迎接丈夫。

卓律明走進大廳，和 Sarah 有點公式化的擁抱了一下。她為他脫下大衣。他的表情有點木然。Peter 拿着重甸甸的公事包，也跟着進來。也許是累透了的關係，卓律明顯露出了少有的頹態，這也令武恭有點愕然。不過，卓律明仍是以一貫的力度，熱情地與他握手，為自己的遲歸滿口賠着不是。四人在偏廳坐了下來，武恭見卓律明從酒櫃拿了一瓶 Dom Perignon 香檳出來，便問：

「今晚有什麼特別的喜慶事嗎？你說只是吃個便飯的。」

「你這個老朋友來我家就是喜慶事啦！」卓律明豪氣地笑，瓶蓋「卟」的一聲彈了開來，「我喝香檳其實是不需任何藉口的。不過，今天喝些來沖喜一下也好。來，Cheers！」

聽卓律明這樣說，武恭一時不知怎樣回應，只是裝笑說：「沖什麼喜？我看你的 campaign 進展得蠻不錯。孔志憲在民望方面最近是追上了不少，但始終有些差距。來，我預祝你馬到功成。」四人於是又再一次碰杯。之後，卓律明說：

「表面上好像沒什麼，但在學界遇到的阻力，比我想像中大得多。我今天出席了專上學生聯盟主辦的選舉論壇，那個坐一千人的會堂，就像是孔志憲的主場一樣，他每說一句話觀眾都報以掌聲和歡呼聲。而我發言時，我卻看到觀眾不屑的眼神和表現不耐煩的身體語言。在我談到國家安全法的時候，他們更噓聲大作，我簡直說不下去了，我向主席抗議也沒用。反而給了孔志憲一次機會，很有風度地站起來，平息了噓聲，呼籲觀眾肅靜，讓我說下去。」

他說完後，其他人都不知怎樣反應才好。

「那個場面真的很難堪。那論壇在網上直播，我們的同事監察着網絡上的反應，也是一面倒地支持孔志憲。」Peter 臉色凝重地加了一句。「有一點值得關注的是，在場還有不少高中生在為孔志憲吶喊。不要忘了，足年齡投票的中六生，每年也有幾萬個。」

Sarah 好像自說自話地，低聲說了一句：「明天又會公布兩個候選人的支持率，我估計這次可能會扯平了。」

一陣子靜默後，卓律明說：「其實現在最困擾我的，不是能不能勝出，而是，即使我真的當上特首，我也沒有把握令我們的大學生信任我的政府。現在根本已沒有任何互信的基礎，即使我是一人一票選出來的，他們總會認為中央政府在背後操控結果，我的勝利並不是自己爭取回來的。」

武恭不禁問：「Cliff，你大可以不回答我，但中央究竟可以怎樣幫你呢？這不是小圈子選舉，而是全港一人一票去選，可以怎樣操控呢？」

「你說得對。中央會支持哪個候選人，這個不用說了，在提名委員會那場選舉中，中央也不諱言，支持更多建制派的人當選提名委員會。但選出了那一千二百人之後，民主派竟得到前所未有的票數，他們要提名哪個人，中央已沒有太多影響的餘地，所以Felix得以高票提名入閘。我相信，一次真正有競爭的選舉，也是中央樂見的。到了目前這個打民眾戰的關頭，中央更不會冒出頭來，愈幫只會愈忙，所以他們現在已很低調。」他嘆了口氣：「要是Felix真的勝出，也是民心之所向，歷史的選擇，我也問心無愧。」

這時候Sarah站了起來：「Cliff，我拜託你，別再說這些洩氣話了。來，我們乾了這杯，就當是提早祝捷吧！」幾個男人都聽話地拿起酒杯，一飲而盡。「我剛才在市場買了一尾很鮮活的老虎斑，我要失陪一下，很快便開飯了。」

卓律明這才首次露出微笑：「你們今晚有口福了，紅炆老虎斑是我老婆的拿手好菜。說起來我真的快餓瘋了。」

食物不但是身體所需，也可以是一種精神慰藉。這個晚上，雖然開局開得頗黯淡，但酒過三巡後，加上卓家廚房的幾樣好菜，大家終於可以拋開選舉這個讓人煩惱的話題，開始閑話家常，兩個老朋友終於又可以盡情緬懷一下中學時一起經歷的人和事。年少輕狂，其中不少是些荒唐事，在女士面前多說不太好，但他們的欲言又止反而逗得 Sarah 窮追不捨地問下去。他們四個人，很久沒有一起笑得這樣開懷了。

武恭夾了一片扣肉，扒了一大口飯，說：「這菜真好下飯！Sarah 你真行。」

卓律明卻皺着眉說：「唔，但這個菜我覺得有點失準了。那層皮好像燉得不夠爛，不知是材料還是火候的問題。」

Sarah 說：「我認錯！是我今天回來晚了，是火候不足。」

「我才不覺得！」武恭搶着說。「Cliff，你實在太挑剔了。若我老婆有 Sarah 一半功力，我已十分滿足了。Sarah，以你的廚藝，我建議你在網上開一個 blog，示範瑜伽之後就示範烹調家常小菜，第一集就請丈夫當嘉賓，我包你的支持率會馬上飆升。」

「不行，不行！」Sarah 馬上叫起來：「我最怕面對鏡頭。做菜時要是有人圍觀的話，我肯定會手忙腳亂。」

「武大哥的主意也真不錯啊！」Peter 說：「Cliff，你也知道我們競選團隊的公關大姐也不止一次建議 Sarah 多些露面。而且她說……」他猶豫了一會：「請你們兩位不要見怪。她說，孔志憲和太太露面時，永遠都是手牽着手，我們不知他們的感情如何，但表面上是很恩愛的模範夫妻。所以你們在公眾場合，也要盡量表現得親密些。當然，你們是老夫老妻，可能不慣這一套，但選民，尤其是女性，還是喜歡看的。」

Sarah 用眼角斜視了丈夫一下，沒作聲。

卓律明望着太太說：「好，那我們就聽他們的，show 一下我們的恩愛吧！」說着把手伸過去，按在太太的手背上。Sarah 急忙把手縮了回去，啐了一聲說：「也不怕肉麻！」她的表情，叫人弄不清她是在說笑，還是真的惱了。所以，武恭和 Peter 都不敢再說下去。

他們喝光了兩瓶 Lynch-Bages 後，又要喝茅台，不知不覺已近十一時了。最後也是女主人先站起來，說：「好啦，你們都快醉了，尤其是你這種酒量淺的人，Peter，別讓女朋友知道你喝了這麼多。」

Peter 愣住了，有點靦腆地問：「你怎樣知道的？你認識她嗎？」然後橫了卓律明一眼。

卓律明連忙把雙手舉起，自辯說：「不是我說的！我真不曉得她是怎樣知道的。」

「你別問啦，Peter 一表人才怎會沒女朋友？」Sarah 笑着說。「大家明天還要開工，而且做的事又那麼重要，還是早點回家休息吧。」卓律明拿起了酒杯，向 Peter 和 Sarah 說：「說到工作的重要性，目前我們這位好武功的工作才真的是最重要，因為他的責任是確保香港第一次特首全民普選，能夠順利進行。若他的工作被阻礙的話，誰也休想能當上特首！」

眾人都笑起來了。「不過，說真的，」卓律明問武恭：「你那邊最近怎樣了？學生組織最近奇怪地平靜。現在距離選舉日只有不到兩個月，收到什麼情報嗎？噢，我明白，我已不是政府中人了，這些都是機密，你知道也不能告訴我，對嗎？」

武恭一時間不知怎樣回應，因為他正為這個問題煩惱不已。他惟有裝醉，口齒不清地應了兩句，然後嚷着要主人為他召出租車回家。

直到最後，卓律明始終沒有認真地催促武恭答覆之前那個請求。臨走時，他只是輕輕地在武恭耳邊說了一句：「副局長的事，不急，你慢慢考慮吧！反正局長的人選我也在考慮中，副手的問題，還可以擱一下。」

這夜，海邊又颳起了冷風，從窗縫竄進來，響起了颼颼風聲，令這個本來佈置十分簡單的大廳，顯得特別冷清。他們夫婦兩人一向不太注重家居裝飾，偌大一個大廳只有幾件家具，給人的感覺不是簡約，而是有點粗疏。Sarah 唯一的要求，是幾個角落都要放鮮花。夜風把幾束白色蟹爪菊吹到東歪西倒，她過去把它們扶正過來。

她意識到丈夫正慢步走回他自己在樓下的睡房去。「Cliff，你先別走。」她背着他喊。

他停下了腳步。「什麼事？Sarah，我真的好累啊！」

「你好累。」她轉過身來面向他。她眼裏開始脹着紅筋：「但我也好累呀！難道你以為我在外頭跟你裝成這個關係，我花的力氣還少嗎？」

卓律明嘆了口氣：「Sarah，你不要以為我不知道你為我做了很多，好不好？」他猶豫了一會，然後走過去站在她面前。「我應該怎樣說呢……我……我真的很感激你。」他見到 Sarah 雙眼開始泛着淚光，感到不知所措。

「感激……你老是說感激我，那你再一次感激我好了——你說要我暫停學校的工作，我一直不大願意，但我今天想通了，我不但會停工，而且會把我的股份也全部賣掉。David

他很好，他接手完全沒問題。從現在開始，我會用全副精神來支持你的 campaign，好嗎？」她向他露出了一個微笑。

他更不知所措了。「你這又何必呢……but, thank you, Sarah. I really mean it. 我知道你有多熱愛你的工作。」他雙手抖動了一會，最後還是決定搭在她的肩膊上。「David 雖然很能幹，但你是學校的靈魂人物，怎能沒有你呢？」

「應該沒事的。」她低聲答道，順着勢挨了過去把他摟着，把臉貼在他胸口上。他也把她摟緊了些。兩人就這樣站着，聽着屋外小花園的夜蟲聲，把夜叫得更靜了。

「Cliff，我們很久沒有這樣親近過了。我想你知道，無論你要我做什麼，我都願意做的。」她感覺到丈夫的手在她的背上輕輕摩娑着。「雖然我知道，你很久以前已經不愛我了。或者應該說，你從來沒有愛過我……」

聽到她的話，他在輕撫她背的手停下來了。「我們都是老夫老妻了，還說這些情情愛愛幹什麼呢？」

「我們結婚才十幾年，我還真沒有老夫老妻的感覺。噢，若只計算我們有真正夫妻關係的時間，恐怕只有最初那幾年。」她覺得這樣跟他站着有點尷尬，所以離開了他的懷抱，走到落地窗前，望着對岸的闌珊燈火。

「Cliff，其實你的過去，我所知不多，亦從來沒有問，因為人應該活向將來。Live forward, they say. 我只是覺得你心裏有一處地方，我是怎樣努力也進不去的。你記得嗎？我們相識時，你經常悶悶不樂的，你說是工作太累了。我們只是淡淡地交往，但你知道嗎？我第一次見你已經愛上你了，所以你突然向我求婚時，我還以為自己在做夢呢！」

她看見那幾支菊花又給吹歪了，又動起手來整理，但愈整愈亂，她惱了起來，一手把它們從花瓶裏拔出來，扔在地上。「你應該記得，你求婚求得很生硬，我還以為你是害羞而已，但後來我明白過來了，你根本是心不在焉，只當是在做一件例行公事。」

「Sarah，你怎能這樣說？我……」

她沒讓他說下去：「你認為你的事業或人生到了某個階段，需要有個妻子才合禮數，在工作或社交上都較方便，而且你媽也在催你結婚，所以隨便一個正常的女人便可以了，我只是在合適的時候出現，對嗎？」

「……」

「還有，你當時可能已經有回香港從政的打算。你多深謀遠慮啊，擁有一個正常的家庭，競選起來總是有好處的。選民，尤其是女的，都希望候選人是個愛家庭、愛妻子的丈夫。可是……」說到這裏，她突然哽咽起來：「可是我……我卻不能給你一個完整的家。Cliff，我真的對不起你啊！」她抽泣了起來。

卓律明走過去又把她摟住了：「Sarah，你不能怪自己，你自己也不想的。我有埋怨過你嗎？來，不要哭，也別再提這個事了。」

「我可以不提，但我不能不想起。我知你想要有個孩子，一個男孩，但我就是給不了你。我不配做你的妻子。」

「但你已經盡了很大的努力。我們看過兩個醫生也找不出問題出在哪裏，而你自己偏要胡思亂想，認為是因為你運動過度以致不孕，停了工作一整年，結果不是也徒勞無功嗎？」

他愈是勸，她愈是不能自已地哭。「Cliff，這是我欠你的，所以我無權向你要求什麼。這幾年你……你沒再跟我睡同一張牀，我也沒說過半句。」她勉力把哭聲收住，用手拭着眼淚說：「對不起，其實在這個關鍵時刻，我是不該再給你添煩添亂的。我答應你，無論你對我怎樣，我也會百分百配合。不止是今天，在你未來的五年任期內，也會一樣。」

他不禁把她的頭輕按在自己的胸口，口裏低聲地說：「Sarah，其實是我欠了你才對。」

兩人就在幽暗的大廳裏站了不知有多久。她為了配合丈夫的競選活動，連月來的操勞奔波，在這個寧靜和罕有的時刻，得到了慰藉。唯一叫她遺憾的，是她再沒有抱着丈夫的感覺，因為她再握不住這個男人的心。她更像是個卓律明的小粉絲，在享受着偶像隨機施予的短暫溫馨。

在這擁抱中，卓律明竭力地搜尋，究竟十幾年的婚姻裏，有沒有真的和她戀愛過的回憶，但除了感激和道義，他終究找不着別的情感。當年范瀟瀟突然失蹤，令他陷進了精神崩潰的邊緣，是Sarah的出現和主動親近，把他拯救過來的。他也不能否認，Sarah那個加州陽光般的笑容，掃走了他心靈的陰霾。以一個正常男性來說，他也很喜愛她那副健美的身段。

其實催促他結婚的，不是在香港的老媽子，而是在美國過着退休生活的舊老闆郭令基。

郭令基不忍看着卓律明自暴自棄下去，介紹了Sarah給他，卻料不到他們不出一個月便結婚了。她在加州一所社區學院唸完運動教練課程後沒再升大學，之後一邊在洛杉磯一個華人組織任職幹事，一邊做私人瑜伽教練。相對於范瀟瀟，他總覺得很難和Sarah談一些較為智性的話題，儘管她總是耐心地、單方面地聆聽着。

他不止一次惱恨自己，讓一個不辭而別的女人，一直佔據着心裏最重要的部分，再無法愛上身邊這個既美麗又賢慧的女人。新婚時那段由性慾維持的關係並不能長久。那個本來可以帶來救贖的孩子，畢竟沒有來到世上。這個不幸，讓兩個人一直遺憾至今。

那個不辭而別的女人，在這時候，就像一陣霧，又悄悄地飄了回來。卓律明整個下午和夜晚都忙着，把手機調到靜音，剛才吃飯的時候一查看，發現她有幾次來電，到了下午五點四十二分，更是連續幾次，之後便沒有了。他忙不迭躲進廁所裏覆電話，打了幾次都沒人接聽。Cecilia，你究竟在哪裏？他想像她在某個不知名的地方，緊握着手機按他的電話號，然後一次又一次地失望，最後連續幾次的打，只換來更持續的失望。聽着電話裏的「嘟嘟、嘟嘟」聲，一陣強烈的沮喪感襲來，他惱自己沒有接聽她的來電，恨不得把電話一手擲進廁盆內。他推開了洗手間的窗，望着外面晦暗的海，他感到一種將會持續至永恆的寂寞。

同一個晚上，當卓律明和武恭喝得酒酣耳熱時，蔡正威正在大埔林錦公路旁的一條支路踽踽獨行。疏落黯淡的街燈下，他一雙醉眼已有點模糊，但這條路他很熟，憑着本能也可以找到小巴站的位置。路兩旁的防撞欄，掛起了孔志憲和卓律明兩位特首候選人的海報，路燈柱上也見有直立式的宣傳條幅。兩人同時親切地向人微笑，聲稱能為香港送上一個美好的明天。

蔡正威在人前永遠是那樣狂躁囂張，但私底下卻是個頗為孝順的人。作為社運分子和立法會議員，他每天的日程總是排得滿滿的，但無論怎樣忙，他每星期一晚都會來到他姐姐在林村的家，探望他八十多歲，有初期腦退化症的母親。雖說是初期，但這個病很難好轉，只會愈來愈嚴重。最近他也來得較為頻密，因為多與家人見面談話，可以防止病情急速變壞。姐姐和經營中港貨運的姐夫無兒無女，不介意照顧年老的母親，對此蔡正威是心存感激的。姐夫嗜好不多，但最喜歡喝酒瞎聊，所以每次來，蔡正威都奉陪到底，然後醉醺醺的回家。

這夜，這條鄉村公路特別靜，連經過的車輛也不多，只有偶爾幾下野狗的吠聲。他不是個膽小的人，但最近晚上回家時，常常感到有人跟蹤他，加上晚上的冷風，心底不禁有點寒。他沒有把那幾個不懷好意的大媽放在心上，因為他自知樹敵甚多，應該有不少人想他早點死。但他一早已看扁了香港人，他們滿口政治理想，但無論是左中右派，都太怕事，幹不出什麼驚天動地的事來。他在議會裏扔幾個雞蛋，隨便叫囂一番，被警衛挾着逐出會議室，已是做得最「出位」的一個。所以，他從不擔心自己的生命受威脅。

從姐夫的小村屋走到小巴站有大約一公里的路程，會路經好幾個隱閉路口，微弱的街燈照不進這些路口，只能在他身後拖出一道很長的身影。他醉得兩邊太陽穴都在快速搏動着，又想起他姐夫剛才的話。他和蔡正威當然是同路人，否則很難坐下來談天。姐夫痛恨所有「親中」的人，又說傳統的民主派實在太斯文了！跟共產黨打交道怎能講道理？講理論無人講得過他們。姐夫說得真對。

所以，蔡正威還是看好自決派那些年輕朋友們。初生之犢不怕虎，有種！Johnson 和 Angie 都很優秀，但最有策略思維的還是快要出獄的陸梓敬，而最有組織能力的，竟是一個高中生容少明。真是天妒英才啊！少明生前曾經和他談過幾次，他的宅男外表掩蓋着一個思想縝密的腦袋。他平常木無表情，從不合群，但辦起事來有鋼鐵一樣的決心。他向蔡正威透露過，他們在構思一個大型行動，這個行動的策劃人，其實是在服刑的陸梓敬。這項計劃在他入獄後被逼暫緩了，但容少明仍然在和幾個弟兄繼續籌辦着，而且最近還會有一筆外來的資金投入，所以他們仍是滿有信心的。待陸梓敬出來，又可以全速進行了。蔡正威雖然和民主派是同路人，但他不齒那些只懂侃侃而談，但全無行動策略的人。在容少明這批有勇有謀的年青人身上，他看見香港未來的新希望。

他最近不知什麼原因，心裏醞釀着一個想法：容少明也許並不是自殺的。他記得孔志憲也曾表示懷疑，但他當時沒放在心上。這想法只能停留在揣測階段，因為就算在自決派的核心圈子裏，熟知容少明職份的人，也不出幾個，而蔡正威是少數知道內情的人。若要打擊反政府力量，相比容少明，他自己肯定是個更明顯的目標。況且，建制派那些人，有誰會有膽量做得出暗殺這種事？

晚間的風愈吹愈冷，他瑟縮地走了十分鐘左右，小巴站也在望了。天文台怎麼搞的？這夜吹起大北風，竟然沒有預測到。他經過像是一條小村的出口，本能地停頓了一下，望進去只見一堆一堆的廢鐵，裏面停了一輛貨車。他繼續想：「難道……難道是『上面』的人幹的？應該不會用到如此卑劣邪惡的手段吧？若真要打擊反建制這股勢力，第一個要劏走的，應該是我而不是……」

砰！

他意識到那輛小型貨車向他開過來時，已經走避不及了。它像鬼魅般突然起動，高速衝着他開過來。黑色玻璃後看不見司機，沒有亮車頭燈，也看不清車牌，像頭鋼鐵的野獸般，攔腰把蔡正威猛地撞到整個人彈起，跌落在馬路對面的水坑邊。車子快速但無聲地掉了頭，然後不徐不疾的沿着林錦公路西行線，消失在黑夜中。

不知過了多久，在混沌的黑暗中，蔡正威看見一道強光照射過來。他心想：這就是人在彌留之際總會見到、盡頭有光的隧道了吧？

他奇怪自己竟能勉強把一隻眼睛睜開，才發現原來自己躺在救護車裏，四肢動彈不得，頭顱罩在一個定形架內。那道強光原來不是什麼隧道的盡頭，而是救護人員翻開他的眼皮，正用手電筒查看他的瞳孔。

「還好，」救護員說：「呼吸正常，剛才眼皮還動了幾下。」

「你看，這人好像是那個常在立法會搗亂的蔡正威。」另一個救護員說。

「啊，可真是他！」第一個救護員的嘴角露出調皮的一笑，低聲地問：「你說我們是救他還是不救？」

＊　＊　＊

蔡正威臥在伊利沙伯醫院深切治療室的那三天裏，全香港都沸騰起來了，種種有關事發原因的謠言滿天飛。在特首選舉的敏感時刻，一個老牌反建制的滋事分子，又是支持其中一位候選人的社運領袖，竟遇到這樣的意外，引起的各種揣測可想而知。

當晚，蜂擁到醫院的記者群，差點造成大混亂，鎂光燈閃得讓人眼花繚亂。經過幾個小時的搶救，主診醫生出來說，蔡正威受了很嚴重的撞擊——盤骨碎裂，胸骨和肋骨骨折，肺和肝臟爆裂，有大量內出血，左邊小腿要截肢等。但他的生命力很頑強，送院時的情況極度危殆，經過幾個小時的手術，現在已度過最危險的時期。不過，能否甦醒就要看他的造化了。

警方在現場做了一輪視察和搜證後，蔡正威的姐姐和姐夫已趕到醫院，警方也從他們口中得知蔡正威當晚為何在那個地方出現。警方懷疑他的傷可能是被車輛撞擊造成的，但無法斷定是意外還是蓄意。大埔警區指揮官向在場的記者透露，傷者應正在小巴站那邊的馬路上行走（這段路很窄，沒有標準的行人道），但被路過的貨車司機發現時，他卻是躺在小巴站對面的馬路旁。

這有點不尋常。警方現階段只能說是一宗車輛撞人後不顧而去的案件，但內部調查已把這案視為蓄意傷人來調查，因為警方已察覺到距離事發地點不遠處有一個隱蔽和狹窄的路口，通往裏面一個汽車廢料場。理論上，施襲的人或車輛是可以匿藏在那裏，待蔡正威經過時出擊的。警方亦隨即派了人員在醫院裏廿四小時守衛。

蔡正威當晚喝得頗醉，一跌一蕩的走到馬路中心而被車撞到的可能性不能排除。不過，市民大眾直覺地認為，這不可能是一宗意外。所以無論警方現在說什麼，蔡正威自己又未能開口說話，社會的公論似乎已把這事件定性為政治暗殺。

一如所料，競選中的兩方陣營，跟隨着特首和一眾高官祝福蔡正威早日康復，然後罕有地齊聲說，若這是一宗襲擊案的話，這種行為必須受到強力譴責，而警方一定要竭盡所能把兇徒繩之於法。事發第二天，大批記者已分別在兩位候選人的競選辦公室守候。孔志憲比卓律明更早現身，他夥同一眾泛民主派的支持者，嚴正地在鏡頭前大聲疾呼：「民主是不容打壓的！無論民主的敵人採用什麼卑劣的手段，也別妄想能令我們屈服！」

圍攏着他的記者問：「你指的民主敵人是誰？是卓律明嗎？你說是他指使人暗殺蔡正威嗎？」

「我沒有這樣說。香港民主路上的敵人是誰，香港人是心知肚明的。肯定不止是一個人。」

「你能肯定這不是一宗意外嗎？」

「不能。但我能夠肯定的說，蔡正威是不少人的眼中釘，希望除之而後快。你們可能不知，他曾經收過恐嚇信，被人跟蹤過，警方也曾派人保護過他。」

又是一陣嘩然。

「你指的人究竟是誰，能說清楚些嗎？是新港聯的人嗎？是內地的機構嗎？暗殺是個很嚴重的指控啊！」

「各位，我是熟知法律的，我不會在這裏作出任何涉及刑事的指控。是不是謀殺，自然會水落石出。」

「但今早警務處長也出來說，這種案件可以追查的線索不多。因為事發一段時間後才有人報警，所以警方在附近設的路障也截查不到可疑的人或車。」

「這個我不便置評。反正我對警方的工作有信心。我們拭目以待吧。多謝大家！」

孔志憲說到這裏，正想轉身離去，但這時候從他身後走出來一個一頭時髦短髮，架着墨鏡的女生。她正是「自決女神」Angie，記者的相機馬上閃個不停。

孔志憲一直以來很少和自決派的人在公開場合走得太近，但發生這件事後，形勢馬上變了。姑勿論真相是什麼，他覺得這是個難得的契機，是時候把整個民主派的左中右連成一個聯合陣線去爭取支持了。所以，這個早上他邀請了Johnson及其他幾個泛民主派的人來商談今後的對策。他明白這一着有很大風險，但既然那邊的人已做得出這樣的事，整個香港以至國際社會也會站在他這邊。但孔志憲這刻才發覺原來Angie也來了，一直站在Johnson後面。

「大家好，我想跟大家說一件事。」她的聲音有點沙啞，邊說邊摘下墨鏡，用手拭了一下眼睛，眼圈有點發紅。「我想說……蔡正威並不是第一個受害者！上兩個月，一個十八歲名叫容少明的中六男生墮樓而死。他患有輕度自閉症，一般人，甚至警方，都以為他是因為功課壓力而自殺的，不過是早一段時間的學生自殺潮裏另一個個案而已。但我可以告訴你，他是被害死的！」

又一輪狂熱的追問：「那人不是有抑鬱症的嗎？你有什麼證據嗎？他是你們的人嗎？和這案有什麼關係？」

她沒理會記者的提問。「他是自決聯盟的內務部秘書，主管我們全部的支援和後勤工作，包括為我們籌集資金。這點相信很少人會知道。他是瞞着學校和他父親的，所以他從來沒有正式露過面。我當初還真以為他是一時想不通而自殺。他是個非常沉默寡言的人，沒有人理解他的心理狀態，包括他學校的社工。」

「是什麼令你懷疑他是被殺的呢？」記者們追問。

「我們事後費了很大努力去追尋他曾經接觸過的人，但因為他生前行事太神秘了，我們什麼都找不着。不過，他曾經向我透露，其中一個給我們提供資金的人……」這時候，在旁的 Johnson 用手肘碰了碰她，似乎不想她說下去，但她沒理會，繼續說：「是會定期和他見面，親手把現金交給他的。他說他是用一部專用電腦和這人聯絡的，叫我們放心。我們點算他的遺物時，他父親說少明有三部電腦，但我們只見有兩部。我們以為給警方拿走了，但他們否認。所以很可能是害死他的人把電腦拿走的。」

「但這只是你的猜測而已。」「你說有人給你們資金，究竟是誰？」「是外國勢力嗎？」記者們七嘴八舌地問。

「不止是我的猜測，連警方也這樣想。因為上月，有另一組警員到容少明家，說要查看他的兩部電腦。容先生說電腦由我保管，警察便找上了我，逼我交出來。我先是不肯，因為我很怕裏面有我們聯盟的秘密資料。但他們說是跟他的死有關的，我便願意合作了，也跟他們說了我剛才說的疑點。之後的兩天，我和我身邊這位 Johnson 也被邀請到警局去問話。所以，我雖然沒有證據，但警方已經把這案改列為謀殺了。」

記者又一陣嘩然，同時喊出十幾條不同的問題，一時沒法聽清楚。在 Angie 身旁的 Johnson 這時候開口說：「所以，香港人都應該認清，在我們面前是個怎樣的敵人！」

「你是指控警方在隱瞞這件事嗎？」記者問。

「警方怎樣辦事，我不便置評。我相信他們有能力找出兇手，而他們也應該知道事件的政治背景。所以出來交代的，也許應該是比警務處長更高層的官員！」

「我敢斷言，警方一定破不了這案的。但是我們都不怕。有人做得出這樣的事，只會加強我們團結在一起的決心！」Angie 大聲疾呼着：「所以我們爭取民主的各個派別，今天起都要摒棄以前的分歧，站在同一條線上！在面前這場特首的選戰，我們都會毫不含糊地站在光明的一邊，就是孔志憲這邊！」

媒體們的焦點於是又再集中在孔志憲身上：「孔志憲，你不是和自決派劃清界線的嗎？」「你在政綱裏也說維護基本法，絕不會容許分裂國家的行為啊！」「你這樣做，即使當選，會不會得不到中央的委任？」

「大家請聽清楚：我絕對不會做基本法不容許的事。我有很多支持者，我接受他們的支持，並不表示我認同他們所做或代表的一切。多謝大家！」

孔志憲覺得這個場面他開始駕馭不了。他先前只和 Johnson 說了一聲，讓他及另外兩三位泛民主派的朋友來和他一起面對記者，但想不到他讓說話火爆的 Angie 也跟着來。而自決派這兩位朋友向媒體所說的，他也是第一次聽到。他不想傳媒從這一個角度開始問下去。

他競選辦的新聞聯絡員也意識到這一點，已在他們身後把電梯門攔住，向記者們說：「對不起，孔先生還有事，辛苦大家！」，孔志憲便乘勢轉身走進了電梯。

10 | As Tears Go By

周三的下午五時，卓律明穿着薄羽絨外套，架上了太陽鏡，獨個兒坐在赤柱廣場的一個露天茶座，聞着手裏 double espresso 的香氣。這個離他家不遠的市集，是吸引他長居赤柱的原因之一。當年的另一個選擇是愉景灣，因為這兩處地方能給他身處香港，卻有寄居在外國的感覺。最後還是出於交通的考慮，選擇了赤柱。

夕陽為岸邊的長堤灑上了一抹金黃，斜照在從中環重置到這裏的英式舊碼頭上蓋。離他不遠處，一群外籍小孩嬉戲的喧聲不時傳到他耳鼓裏。每次見到將盡的日光，他腦裏總會浮起一首 Rolling Stones 的歌，他常對自己哼唱的《As Tears Go By》：

It is the evening of the day,
I sit and watch the children play,
Smiling faces I can see,

But not for me.

I sit and watch, as tears go by...

自從出任公職以來，他所認知的世界大了，可是同時，他的私人世界卻變得愈來愈狹小，及至宣布參選行政長官後，他簡直有種窒息的感覺。任外間喧聲沸騰的這一天，有機會一個人在公眾空間流連，對他來說是一個意外收穫。他慶幸記者沒有追訪到他家門口。

雖然架上了太陽鏡，但他沒想過可以逃避公眾的眼睛。剛才從家裏步行到這裏，已遇到幾批路人向他揮手打招呼，他也例必報以親善的微笑。其中一對老夫妻還拉着他說話。那位老先生要卓律明在他的掌心簽名，又對他說：

「卓先生，我們都是你的忠實支持者，最近發生的事，是不應算到你頭上來的。不要說我涼薄，但那個蔡正威根本死有餘辜！十幾年來做盡了禍國禍港的事，唯恐天下不亂！你看他自己的私生活也不檢點，你知道嗎？他經常和一些洋妞泡在一起的……」

卓律明不想聽他說下去，便主動提議用老先生的手機，三個人一起拍個自拍照，之後便開開心心地各自上路了。咖啡室的年青女服務員也把他認出來了，為他端來咖啡時對他說：

「你好呀！你是Cliff吧？我一向是支持孔志憲的。但你看來比他更親民些，所以我現在還未拿定主意投票給誰啊！」

「我相信Felix也是真心為香港好的，不過，我當然希望你可以在三月十八日把你的一票給我。」他把眼鏡摘下，向她禮貌地點了點頭。

「噢！原來你真人比競選海報上的照片更靚仔啊！好，我會認真考慮考慮的。」身材胖嘟嘟的服務員向他笑了一下。

前夜凌晨至這天中午的一輪折騰，把卓律明累得半死。比他更累的可能就是發了瘋一樣的傳媒了。他們好像一陣又一陣的飛蝗，把目標物逐一圍攻，先在醫院忙了一個早上，然後是政府總部、警察總部、聯絡辦、兩個候選人、再加上各個立法會議員和政黨代表。他是在孔志憲之後出來面對媒體的。他的競選辦主任、新聞秘書和Peter，都主張他在這個關頭要十分低調，主要是斬釘截鐵地否認泛民主派含血噴人的指控。其餘便是向蔡正威表示慰問，和譴責行兇者（假設證實是蓄意傷人的話）。

不過，多個傳媒昨日下午已馬上在網上出了號外，詳細報道了這事件，兩家大學匆忙地做了一次民意調查，顯示孔志憲的支持率突然增高了幾個百分點，首次超越了卓律明，處於明顯領先的位置。在蔡正威能開口說話之前，媒體們都只能炒作，不可能得出有任何對卓陣營不利的結論來。市民是另一回事，因為他們掌握的事實不多，只能反芻媒體餵給他們的東西，之後形成一個總體而主觀的感覺。特別是中間游離的一群，開始覺得有人用不正當的手段鎮壓民主派，覺得反感，並將這種反感投射到建制派身上。

警方的處境也頗為難堪。容少明「被自殺」一案被人抖了出來，警方顯得很被動。警察犯罪科的高級助理處長趙克維 Gordon 一向不喜歡與傳媒打交道，但在這個關頭也要出來「解畫」。他承認，警方正「從不同角度跟進容少明的白殺案」，但因為目前所能蒐集到的資訊比較少，一時間仍未能把案件歸類為謀殺案。這情況其實和蔡正威的案件有些相同之處。總之，沒有跡象顯示容少明的死，跟他以前在自決聯盟的工作有直接關係。更沒有證據顯示和蔡正威受傷案有任何關連。

卓律明可以想像，警方，特別是武恭那個小組的人，這兩天一定忙得不可開交了。他手癢癢的想打電話給武恭，因為他或許可以透露一些內情，卻不好意思找他談。他思前想後，最後還是忍不住給他發了個 WhatsApp：

「容和蔡兩案，你們是否掌握了什麼犯罪證據？不方便的話可以不答。明白的。」

他等了很久，武恭那邊才回覆：「情況就如 Gordon 向記者所說一樣。任何犯罪的推定，現在仍言之過早。」

卓律明之後便沒有再追問下去。茶座這一帶來往的多是外籍人士，認得他的人不多，而且他坐在茶座角落，因而享受了清靜的一刻。他看過手機裏有關兩個候選人支持度的報道，思緒開始有點亂，清冽的海風吹來，讓他的精神抖擻了一下。目送夕陽隱身在遠山的背後，他也開始漫步回家去。

晚上又是一個事前沒有約定，可以和 Sarah 一起吃晚飯的罕有機會。她見他回來，便好像很興奮的馬上叫傭人準備晚餐了。

「還好，你肯聽我的話穿上了這件羽絨衣，今晚又降溫了。」妻子說。

「是的，thank you, Sarah！」他說着，坐到自己喜愛的按摩椅上去。

「你忙了一整天，這晚上你能在家吃飯，真是很難得啊！」她也坐了下來。但她不敢坐得太近，選擇了坐在餐桌椅子上。「我覺得這件事是會過去的。你不要太擔心才好。」她試着安慰他。

「謝謝你。我有信心可以熬過去的。我們當作一切如常就可以了。」他罕有地向她展現了微笑：「Sarah，你最近陪我出席了不少場合，有人說，你的表現為我加了很多分。」

「Cliff，我想你知道，這些事情我認為是我人生中最有價值，也最讓我引以為傲的。」

在餐桌上，他們兩人都不禁各自回想，上一次兩個人在家吃晚飯，是多久之前的事了。應該是大約半年前，卓律明逕自搬到樓下的客房睡之前。他記得那天晚飯的氣氛太凝重了，因為他剛拒絕了她要和他一起到美國探親的請求，不大不小地吵了一頓，所以那頓飯，兩人都沒吃好，便匆匆回到房間裏去。一直在卓家工作的菲律賓籍家傭也見怪不怪，從廚房出來只見一桌子剩下的飯菜，人卻不見了，知道定是發生了什麼事，也沒去查問。

他們一邊吃飯，一邊看着電視正播映的晚間新聞。他估計，競選辦的同事們，這刻也應該像他一樣，圍在電視機旁邊看最新進展。其實他也不想呆在家裏，只是競選辦主任堅持一定要他回家休息，老賴在辦公室也是於事無補的，他只好照辦了。電視的二十四小時新聞，不斷在重複着他們已看過的片段。他那句「香港人要信自己！」不知已播了多少次。

Sarah 對他說：

「我建議，你以後說到關鍵字句時，千萬不要眨眼。」

「好，我聽你的，以後會多加留意。」他溫柔地向她一笑。

Sarah 突然想到一事，向丈夫說：「跟你說一聲，你記得我那位在三藩市的世伯 Uncle Ben 嗎？」

「當然記得。他可說是我們半個媒人吧。雖然我的舊上司搶着認是媒人，但他畢竟是透過 Uncle Ben 認識你的。Uncle 他怎麼了？」

「他下星期會過來香港住一兩個月，說要湊湊熱鬧。他有住的地方，但我們也要請他來我們家吃飯。我也會盡量抽時間和他四處逛逛。他有三十年沒回來過了。」

「那好，你看着辦吧。可是我們這陣子真的不能抽空招呼他了。」卓律明說。

因為這位世伯不是住在洛杉磯，卓律明在美國的日子裏，前後只和他見過幾次面，印象中是個沉實有禮的人，在三藩市從事些貿易生意。他只知道這位世伯是看着妻子長大，和她一家人都很熟的。其實，出於盡量想對妻子作出補償的心態，他很願意和她在美國那邊的親人朋友多點往來，可惜她唯一的親哥哥很怕見人，只有在他和 Sarah 的婚宴上露過一次面，頗為木訥的一個人，和 Sarah 不太相似。選舉過後，好歹找時間帶這位世伯四處去玩一下吧，他想。

電視台承接着兩個大學辦的突發性民意調查，也在街上訪問了一些途人。受訪的人對事件似乎都有頗清晰的意見，絕不含糊。雖然不是一個正規的調查，但結果是頗明顯的——他們先回答之前支持哪位候選人，受訪的一百人中，有四十四人支持孔營，有五十六人支持卓營；事件發生後，支持卓營的人中，有大約十名說會考慮轉為支持孔營，而孔營支持者中，卻沒有任何人說會轉而支持卓營。

Sarah 把筷子擲在桌上，氣憤地說：「香港人為何就這樣膚淺？這些事，跟特首的選舉究竟有什麼關係呢？還有那些傳媒，硬要把兩件事混為一談，究竟有沒有人出來說句公道話呢？」

「沒事的，Sarah，你要對我有信心。」卓律明不禁用手輕輕按住妻子的手。他只覺她的手真冷，而且有點瘦骨嶙峋，一陣憐惜之心不禁油然而起。他在想像，這生餘下的三數十年光景，將要和面前這個女人共同度過，這場戲要一直演下去，直至他們其中一人老死為止。他究竟有沒有這個能耐？但這女人為他犧牲太多了，現在他唯一希望做到的，就是用餘生來報答她，與她平淡地廝守下去。這世上的老夫老妻，有很多不都是這樣嗎？可是，若他真的當選，這輩子便很難「平淡」地活下去了。

他對她滿懷感激，但他騙不了自己她是他心愛的人。他惱自己在這個時刻還去想這些，但這的確又是個很實在的問題。他撫着 Sarah 的手背，她感到他傳過來的體溫，眼眶開始濕潤起來了。她望向丈夫，但他卻避開了她的目光。他在想，若果當年乾脆和瀟瀟結了婚，馬上回來香港，瀟瀟便不會從他的指縫中溜走了。現在握着的，可能也是她的手……

新聞報道一直鋪天蓋地的報道蔡正威和兩位候選人的消息。在他們正要放下筷子時，電視裏傳來新聞報道員的聲音：

「現在報道一下其他消息。一名美國籍華裔女子，昨日凌晨被發現倒斃在油麻地一家酒店房間內，頸上有明顯被勒過的痕迹，初步斷定是窒息致死。死者名叫范瀟瀟，四十六歲，是洛杉磯一支華樂團的成員，原定下星期在一個私人音樂會上演出。警方已把案件列為兇殺案處理。警方呼籲，有任何線索或認識死者的人，請向警方提供資料。下面是天氣預告……」

卓律明只覺天旋地轉，眼前突然發黑，整個人僵住了。一支筷子從他指縫中掉了下來，咔嚓一聲落在飯桌上。

「Cecilia……是 Cecilia，她……」他口中低呼着。

Sarah 也怔住了。她望着丈夫驚愕的神情，顫聲地問他：「這個女人，你認識的嗎？」

「她……我……對，我在認識你之前，曾經和她……交往過一段時間。你也應該聽說過的。」他的聲音也開始顫動起來：「她怎麼會死的呢？她前天還聯絡過我，可是我卻……」他把頭埋在一雙手裏，激動得說不下去。

Sarah 聽到這裏，眼眶開始紅起來。「我是有聽說過關於她的事。但我以為你已不再在乎她了。原來你還一直和她有聯絡的。Cliff，難怪你最近好像神不守舍的樣子。我明白了，我還以為是你競選工作的壓力，原來……」

「不，不是這樣的！Sarah，你別誤會。」他大聲說，眼裏突然佈滿着紅筋：「我和她……她和我分手之後，我們已失去聯絡，直至最近才開始收到她的訊息。前天下午，就是他們來吃晚飯那天，她曾經打過幾次電話給我，但我正忙着沒接，之後再覆已聯絡不上了。」

Sarah 聽了之後好一陣沒發聲，然後低着頭問：「是這樣嗎？我看你的反應，你好像還是很在乎她。」

「我……沒有啊！」他氣急敗壞地站了起來。

「那你知道她為何又要回來找你嗎？」

「不知，真的不知！」他大聲地答：「我也很想知啊！正如當初她突然離開，我也不知道為什麼一樣。」

眼淚開始從 Sarah 眼角滲出來，但她的語調仍是冷冷的：「噢，原來是她要離開你，而不是你不要她的。難怪你今天仍對她念念不忘。我到現在才明白，你為何一直沒把我當作你真正的妻子。因為她才是你真正想娶的女人！」

卓律明頹唐地跌坐在沙發上。「Sarah，我沒盡丈夫的責任，是我的不對，但我真的沒有做過對你不忠的事。你知道我是個有分寸的人。」

她嘆了口氣。「唉，無論怎樣，現在都不重要，人都死了。你看有沒有需要主動和警方聯絡一下，提供資料什麼的。」

就如回應她的話一樣，卓律明的手機響起。他一看來電顯示便愣住了——是武恭。

「Cliff，不好意思，是我。我知道你忙，最近發生了這樣的事，你可能沒留意別的新聞。是這樣的，剛好又在前天，有一宗兇殺案，死者是個美籍華裔女人，我們找到她的手機，警方做過一番解密後，發現……發現她遇害那天，曾經打過多次電話給你。」

卓律明茫然地望向妻子，一時無語。怎麼又會是武恭呢？整個警隊難道只有他一個人嗎？

「我剛看到電視新聞了。對，我想我是認識死者的。」他發覺自己的聲音開始變得沙啞。「你現在想我怎樣？」他問。

「如果可以的話，麻煩你現在來一下旺角警署，可以嗎？」

卓律明從的士踏出來，看見旺角警署外面的圍欄上，掛着自己的競選海報。海報上的肖像器宇不凡，經過後期製作，面部的細紋和瑕疵都抹去了，整個形象煥發着成熟穩重的光彩。但這刻的卓律明，戴了口罩，架着一副深色鏡片的眼鏡，還把黑呢絨大衣的領子向上翻了起來。所以他步進旺角警署時，沒有人把他認出來，包括那兩個在報案處當值的警員。

他這輩子從來未曾如此不見得光。他一直以為自己是上天特別眷顧的人，無論在任何場合，都可以昂首闊步，享受眾人的艷羨目光和鎂光燈的照射。偏偏在這個人生最重要的關頭，要他經受這種屈辱。這簡直是上天對他開的一個大玩笑。

同時，以前和范瀟瀟一起的片段，不停在他眼前閃過。他閉起了雙眼也不管用，因為她那張臉反而顯得更清晰。腦海裏又浮現他最近幾年經常夢見的情景——在他家那個臨海的大平台上，黃昏的靄靄霞光裏，他倆隨着那首 The Last Waltz 的輕音樂，悠然舞着華爾滋。她的長髮和裙襬因風搖曳，盪出了淡淡香氣。但舞着舞着，她的形象開始變得朦朧，像水汽一樣蒸發掉，首先是面部輪廓，然後是身體，直至她整個人在他懷內徹底消失，最後只剩他的一雙臂，環抱着空氣，一個人獨舞在黃昏的陽光中……他往往到了這關頭，便會驚醒。

武恭早已在大門等候，馬上把他領到樓上去。他邊走邊解釋，鑒於他作為候選人的特殊身分，武恭曾建議過不用他在警署現身，而是安排警務人員到他家進行問話，但請示過上級後，大家還是認為依循既定程序，對警方和卓律明自己也比較好。這不是尋常小案，而是一宗兇殺案，旺角警區的重案組已接手調查，在正常情況下，邀請有關人士「協助調查」，不會在警署之外的地方進行。

「沒事，這個我理解。」卓律明說：「但為什麼你會參與調查呢？」

「你待會就知道了。」武恭只是公式化的口吻，面上沒什麼表情，也沒有正視卓律明。

他沒把卓律明帶到一般的問話室，而是旺角警區指揮官林成業警司的房間。卓律明心想，這樣應該算是禮待了吧。林警司穿着簡便制服，已有些中年發福，但看起來精明幹練。他站起來，禮貌地邀請卓律明坐在沙發上，向他介紹了站在一旁的重案組高級督察莫志高。

「卓先生，這麼晚勞駕你來這裏，不好意思。你先不用擔心，我們不是對你有懷疑，因為案發當晚，你大致上有不在場證據。」林警司說。

「你說『大致上』是什麼意思？案發那天，應該是前天吧，我整日忙着競選活動，然後因為請了這位武恭 Sir 來，趕着回家吃飯。之後我們——在場還有我太太和我的助理 Peter——我們喝酒聊天，直到大約十一時才散。」

林警司示意莫督察回答。

「卓 Sir，這些我們都知道。」高大年輕的莫督察說。「只是武 Sir 問過你競選辦的 Peter，他說你當天下午一時至四時左右獨自回去辦公室工作，說要在這空檔時間休息一下，五時才出席大學學生會的論壇。」

「那你們是確定了死者就是剛好在這個時段內被殺的？」卓律明問。

「暫時還不能，但不會早於四時一刻。法醫的初步推斷是下午四、五時左右至傍晚時分，但還有待他進一步確定。」莫督察答道：「這就是林警司說『大致上』的原因。有人可以證明你下午確實回了辦公室嗎？」

「你問問我的司機便可，他是整天跟着我的。不過他一定不會一直待在樓下等我，因為他知道我四時半才會從寫字樓出發到大學。所以，」卓律明故意輕佻地說：「理論上我有可能趁他不在，獨自潛了出來，到油麻地的酒店殺了人，然後趕回去繼續工作啊。」

「我們不是這個意思。」林警司有點歉意地說：「我們邀請你來，是想知道你和死者的關係，因為我們也掌握了一些資料，你應該不知道，我們可以交換一下。」

「好的，我對你們不會有任何隱瞞。」卓律明說：「范瀟瀟曾經是我的未婚妻，那是一九九六年的事了。我那時候還在洛杉磯忙着擴展我公司在美國西岸的業務，她是個台灣華僑。我們一直都好好的，直至有一天——我清楚記得是一九九七年三月十七日——她突然離開了我，沒有留下片言隻語，之後更拒絕和我有任何聯絡。就是這麼簡單。這二十年來我一直想知道究竟發生了什麼事，但我苦無頭緒。如果你們知道的話，求你們快點告訴我。」

卓律明喝了口茶，補充說：「還有，當天我真的忙得沒留意她的來電，到晚上開手機時才發覺，但她的電話已無人接聽了。」

「對的，」莫督察在旁回應說：「根據紀錄，卓先生晚上十一時三十四分才回電話。但卓先生你記不記得，較早前你和死者還有互發過兩次短訊？」

卓律明經他一提便想起了：「對呀，確實日子忘記了，應該是在我還未宣布參選前，我突然接到她一個訊息，說會來香港，又說希望入境沒問題什麼的，我也不太明白。然後就是前幾天，她到埗後再給我發的訊息。」

「我們的紀錄也是這樣顯示。」林警司說：「范小姐的『瀟瀟古箏學院』，是長期靠一個名叫『春秋文化社』的機構資助營運的。這個掛名是搞文化交流的機構，是由美國的民間反共反華組織在背後撐腰的。美國政府究竟有沒有插手，我們不知道，但這組織在世界各地支持和資助各種「民主運動」，致力把他們不喜歡的政府拉下台，或者起碼為他們添些麻煩。在香港街頭到處擺攤子的那個氣功團體，其實也是由他們出資營運的。香港有不少民主派人士到美國訪問，或者最近那些年青人到英國國會請願，旅費聽說也是由這個機構資助。」

卓律明聽到這裏，已開始有點頭緒了。他做夢也沒想到，原來范瀟瀟有着這樣一個背景。她是為了這個原因而離開他嗎？她是自願離開他的嗎？

林警司繼續說下去：「這個『春秋文化社』旗下有幾個表演團體，有舞蹈團，有國樂團，也有劇社，他們會在世界各地以宣揚中華文化為名，傳播一些損害中國現今政權的信息。在香港，較有規模的表演場館，都是由政府或半官方機構控制的，所以他們很難在這裏租得到場地演出。就算是大學或中學，他們與政府之間也有一定的默契，不會租借表演場地給某些團體。」

「藝術團的團員也會有入境限制吧？」卓律明問。

「這個當然了。」林警司說：「以前只會限制一些工事的人入境，但下月開始所有關連的人都不讓進來，因為我們收到一些情報，顯示有人會在領導人訪港時搞事。這事非同小可，我們不得不嚴陣以待。」

「這些資料都是號角小組的同事取得的。」莫督察與坐在一旁的武恭對望了一眼。「所以武 Sir 也要參與這個案的調查。他已向上級申報了他和你的朋友關係。上級說情況比較特殊，他不能不參與。」

林警司接着說：「入境處的同事以前也接觸過這些演藝團體，其實大部分都是各有造詣的藝人，有理由相信他們一心只想做好本份，不一定和資助機構有相同的政治理念。所謂有奶便是娘，很多表演團體根本沒有別的選擇。」

一直沒有發言的武恭，這時開口說：「死者的古箏學院這次在香港演出，是租用了美國國際學校的多功能廳舉行。宣傳方面比較低調，知道的人不多，但『春秋文化社』似乎很重視這個演出，因為所有在港的美國商界和僑界領袖都會出席，還有多個國家的駐港領事。其實這次入境處讓她入境，是有點不慎的。她不是普通一個團員，而是藝團的總監。機場的入境處同事把她扣留了一個小時，翻查紀錄，顯示她以前來過香港幾次，都沒有鬧事，而且還有紀錄她在一九九七年和你一起從美國來港，出席了回歸儀式。入境主任想來想去，最後還是放她入境。」

卓律明不禁默然良久，然後低着頭問眾人：「你們說來說去還未說到重點。究竟是誰殺了瀟瀟？你們知道嗎？」

幾個警務人員互相對望了一下。是林警司先開口：「對不起，兇手的身分暫時還沒有頭緒，但我們有疑犯的錄像。」他示意莫督察說下去。莫督察於是說：「我剛才說行兇時間不會早於四時一刻，是因為酒店的閉路電視紀錄顯示在四時十四分，一個戴着針織帽和口罩，身穿英式長風衣的男人出現在死者樓層的後樓梯。那家酒店叫『寶島賓館』，已經頗為老舊了，老闆是個台灣人，房間分佈於一棟商廈的三層樓，訪客出入也無須登記。表演人員一行十一人都住那裏，可能是要節省經費吧。閉路電視的鏡頭大部分有故障，死者住的四樓只看見後樓梯，因為客房走廊那個鏡頭也是壞的。所以只能看見疑兇推開四樓後樓梯的防火門，走了進去，看不見疑兇進入死者的房間。往後的錄影片段裏也沒見他走出來。疑兇當然也沒有出現在電梯的閉路電視錄像裏。」

林警司在桌上的文檔裏拿出兩張照片，遞給卓律明看：「這個人你有印象嗎？很可惜，只能看見他的側面及背部。」在旁的武恭半打趣地說：「看來這人較矮和瘦，應該不會是卓先生。」

照片中只看見背部的人，中等身材，應該是男性，穿運動鞋，身手比較敏捷，穿牛仔褲，外罩一件英式的雨衣（trench coat），因為是黑白照片，不知道衣服的顏色，但隱約看見他架着一副墨鏡。

「這照片實在太模糊了。Sorry, no idea.」卓律明沮喪了，用手掩着雙眼，又揉着兩邊太陽穴，一邊搖着頭，自言自語地說：「但有誰會殺害她呢？這麼善良的一個人……」

「我們不能排除這宗案件有政治成分，」武恭說：「搞政治的團體，當然會有政敵，但根據我們的情報，范小姐的確是專注於藝團的工作，並不是『春秋文化社』的主事人。她可能是無辜被牽連的。」

莫督察說：「她是案發第二天被房務員發現倒斃在牀上的。房內頗為凌亂，兩盞牀頭燈都打砸了，玻璃碎片散了一地，但死者的財物沒有被拿走。死者明顯有掙扎過的痕迹。她被發現時，右手還緊握着大衣口袋裏的手機，左手的指甲有破損，甲縫裏藏有一些皮膚組織，相信是兇手的，已送往政府化驗所化驗。她的頸部只有瘀痕，沒有指紋，推測兇手是戴着手套行兇的。」莫督察頓了頓，再說：「還有，房間的窗戶打開了，沒有窗花，看來兇手是沿着去水喉管，攀爬到酒店的後巷地下。看兇手的身形屬於矯健那種，從窗口逃離現場應該不成問題。」

聽莫督察這樣說，卓律明再忍不住眼淚，開始低聲抽泣起來。「她的手還握着手機……她一定是在打給我求救！但我卻沒理會她，我……我……」

「Cliff，你不必這樣怪責自己，你根本無法救得了她。」武恭嘗試着安慰他。「你放心，我們會努力找出兇手的。你在這個重要時刻，千萬別要為這事而分了心。」

武恭陪着卓律明從警署步出來時，已是凌晨時分。武恭為他攔了部的士。他上車前問武恭，他可否去殮房見范瀟瀟一面。武恭說，還是不去好些，免得他更傷心了。她的父母正從美國那邊來香港辦理她的後事。

刺骨的夜風吹得他腳步不穩。選情失利，加上瀟瀟的慘死，令他感到從來未有的沮喪和無助。因為連月來的競選活動而緊繃着的精神，現在一下子崩潰了。他跌坐在的士裏。

的士司機好像把他認出來了，問：「先生，你是卓律明嗎？」

「不是，你認錯人了。」話一說出口，他又感到無比的羞愧。

他拿手機出來一看，罕有地發現母親傳來一條語音訊息。他急忙打開來聽：

「阿明，你幹嗎老不接電話呀？你看到新聞了沒？那個被殺的台灣女人，報道裏說是叫范瀟瀟的。阿明，真是她嗎？你快回電話呀，我有話跟你說。瀟瀟她……她來見過我呀！」

11 再喝荔枝茶

荔枝山莊的會客室裏，兩人坐的位置跟以前一樣。他們面前，仍舊是那兩盅香氣濃郁的荔枝茶。劉主任這次邀請卓律明來山莊，態度已沒有先前的從容。不過，卓律明已大概猜到主任想跟他談什麼，所以心情反而沒有上次那麼忐忑。但他心裏有種莫名的恐懼。他有很多問題要問劉主任，卻害怕劉主任的回答，可能會證實他所恐懼的。他拿着茶杯的手，有點顫抖。

上次他們見面時，主任先說了一大堆閑話才入正題，今天甫坐下來，只談了兩句最近乍暖還寒的天氣，便顯出很關切的樣子跟卓律明說：

「律明啊，相信你也猜到我請你來的原因。最近的選情，確實讓我們有點擔心了。蔡正威遇襲之後，你的民望和支持率一直下跌，這是一件事。但你自己可千萬不能因為這個挫折而先敗下陣來呀！你以前那種標誌性的自信和鬥志，都往哪去了？香港人的眼睛是雪亮的，若他們見到他們所擁護的人已不能保持着那份熱情和初心，你便會兵敗如山倒，很快就會到了無可挽回的地步。」他揭開了茶盅，喝了一口茶後問他：「你最近是不是遇上了些什麼問題？有什麼地方我們可以幫得上忙呢？你即管說。」

主任說話時，卓律明定眼看着他，心裏想着那晚母親的一番話。那晚從警署出來，他直奔到母親跑馬地的家。看見兒子落寞頹唐的樣子，她一陣心痛。知道命案的死者原來真的是瀟瀟時，她忍不住哭起來了。原來這廿多年間，范瀟瀟一直有和母親透過網絡保持聯絡。她告訴兒子，范瀟瀟來找過她，也說了當年不辭而別，離開卓律明的原因。不過她囑咐母親，在競選結束前不要告訴卓律明，以免他分心。但既然人也死了，她決定告訴兒子，因為這可能對案件的調查有幫助。

離開母親家的時候，他壓抑着怒火，想馬上去問劉主任，當年究竟是誰拆散他和瀟瀟的。但回家後他冷靜下來。他和自己理論，無論他是怎樣走到現在的，無論曾有多少人在背後為他開過路，現在畢竟是他人生的重要關頭，他再回不了頭了，所以暫時還是不應向任何人提這件事。但今早突然接到主任的邀約，他決定試探一下。

他現在面對着一臉關切的主任，他猜想，關於范瀟瀟的事，主任究竟知道多少。他在努力琢磨，心中要對主任說的話，想問他的問題，究竟應該用什麼措辭才好？靜默了一會後，他說：

「劉主任，你說得對，我最近精神的確是有點波動。我以前在美國曾經訂過一次婚，相信你也知道吧？」

「這個……我略有聽聞過。上次我們見面時，你不是說你跟以前的異性朋友，都再沒有聯繫了麼？你們不會藕斷絲連吧？」

卓律明凝望着劉主任，希望能看清楚他的眼神有沒有一絲動搖。然後他慢慢的說：「你們應該不止聽聞過那麼簡單。我們在九六年訂婚，但在翌年她突然之間離開了我。我最近才知道，是你們逼她這樣做的。」

劉主任的態度很淡定。他的身子本來是躬前的，現在他把身子靠後，倚在沙發的靠背上，透了口氣。他望着卓律明，但沒有回應。

卓律明說下去：「我等了二十年，她為何離開我這個謎，終於解開了。她說，九七年的三月，就在我們想準備舉行婚禮的時候，有兩個身分神秘的人接觸她，說自己是代表中央政府的。他們說我是中央重點栽培的人，是若干年後香港普選特首的上佳人選。所以，他們不想我跟一個有她這種背景的人結婚。他們對她曉以大義，說如果她是真心愛我的話，就應該馬上離開我。劉主任，這是真的嗎？」

「這是她親口告訴你的嗎？」劉主任問。

「不，但這重要嗎？她最近來了香港，見過我母親，是我母親轉告我的。她之前給我發過一個短訊，因為她在香港有一場重要的演出，但知道香港最近風聲很緊，害怕來港時入不了境，那場大節目便要告吹，所以聯絡上我，有需要時可以和移民官說兩句。但她畢竟是入境了。」

劉主任一直在微微點着頭。「她有話為什麼不直接跟你說，而去找你母親呢？」

「她跟母親說，她再沒臉見我了。但我不明白她為什麼要這麼自責。她也是被逼的。」

「我知道為什麼。」劉主任說。卓律明不解地望向他，但他卻說：「這個待會再談。沒錯，我們知道有關這位女士的事，但我想清楚告訴你，要她離開你，不是中國政府指使的。老實說，我們也納悶了好久，後來我們收到一些情報，說是在外國一個愛國組織接觸范女士的。」

「但一個在外國的組織，不可能知道中國政府這種長遠人事部署的內情。」

「律明，我們的部署，其實並不難讓人看得出來。部署的不止這個，還有其他很多很多，回歸前和後都有，以後還會有。但你認為這樣做不合理嗎？你應該最明白，大公司也有領導層的繼承計劃，堂堂一個國家更不在話下了，而且部署往往會跨越幾個年代。你在香港電子廠的舊上司是愛國人士，他能選上立法會的功能組別，我們也幫了不少忙。透過他，我們老早已在留意你了。九七之前我們和港英政府的溝通渠道不暢通，回歸之後我們的行動開始升級了。」

主任有個特點，就是對着人說話時，眼睛不一定望着對方，視線總會集中在對方眼睛稍為下方的某一點。這次會面，卓律明覺得從一開始，主任的眼便很少正視過他。主任這時在茶几上拿起了一包中華牌香煙，點了，大大的抽了一口，他們之間頓時瀰漫着一層煙霧。

「對不起，我這煙還是戒不掉。律明，還有啊，香港大學之前那個老外校長，和學生走得太近了，尤其是搞事那批學生，校董會一直想把他換掉，又苦無對策。我對校董會主席說，這種事不能直接做，要釜底抽薪才行，因為我知在香港，政府干預大學行政是條大罪。我向他高度推薦你，先做做講師，站穩了陣腳，升任副校長便水到渠成了。當然，這一切，還是要你自己爭氣才行。你很明白事理，有效地制衡校長的偏激行動，卻沒有被學生排斥。」

卓律明看着這位認識了多年的朋友，開始覺得陌生起來。他現在的感覺，和瀟瀟突然離開他的時候有點相似。那是種什麼感覺呢？就是當他以為一切都掌握在自己手中的時候，突然發覺有些事情，原來不是自主地發生的。卓律明一直細心地聆聽着，回想自己走過的路。他從來不安於停留在自己的舒適區，從科研開始，到營商、到學術、到政治，他都是憑自己的努力，一步一腳印地走出一條路來。他從沒發覺，原來他走的，是一條有人預先設定了的路。

他突然感到口乾，但面前的茶喝完了。他也不知是什麼原因，不想再喝荔枝茶了。他起身開門，向外面守着的女服務員要了杯龍井茶。那服務員臉上木無表情地對他說：

「我們這裏只有荔枝茶。我進來給你加一點。」

卓律明惟有坐回去，喝了口新加添的茶，第一次覺得有點苦澀。他對主任說：

「但你還未回答我的問題。」

「你先別急。除了你之外，重點栽培的還有幾個人——我們總不能像英國人說的，把所有蛋都放在一個籃子裏。他們的軌迹各有不同，姑諱其名吧，有一個當了立法會議員；有一個在上屆政府當局長，表現卻未如理想，相信你也猜到是誰了。我想說的是，我們這個工作，並沒什麼不見得光。其實你的潛質和你的政治抱負，早在廿多年前已很明顯了。有一些愛國組織會揣摩中央政府的意思，做了某些事，然後向中央政府邀功。」

卓律明咀嚼這番話時，主任繼續說下去：「你試想想，中央政府又怎會用這種手段？難道不怕有人洩密嗎？搞不好的話，大有可能被那邊的反華組織握住話柄。我們的政策是，若你真的跟那位女士結了婚，不論你是明知故犯，或是被蒙在鼓裏，那我們就只有放棄你了。別無其他選擇。」劉主任又喝了口茶。「但話得說回來。雖然我們並不同意這種做法，亦沒有差使任何人，但他們若沒有這樣做，也沒有今天的你。」

「照你這樣說，你應該知道他們是誰。可以告訴我嗎？」

「我告訴你也沒意思。廿多年前的事了，之後也沒有他們的消息，到今天是否還存在，我真的不知道。況且，我也不想你再在這件事上深究下去了。可以告訴你的是，那個主事人來見過我，他那時已經年紀很大了，現在應該已經去𠯿了。他還告訴我……」劉主任猶豫了一會：「他說，他們給了范女士一筆不少的錢，要她離開你。我猜這可能是她說沒有顏面見你的原因……」

卓律明像是被人打了一棒似的，只能一邊搖着頭，一邊低聲地說：「沒可能，沒可能的，瀟瀟她不會接受這種錢！」

「我明白你的心情。這只是他們說的，現在很難證實了。」劉主任嘗試着安慰他。

「應該說，現在已無可能證實了。」卓律明抬起頭來，用一雙帶血絲的眼望着劉主任，一字一字的說：「劉主任，你知道范瀟瀟已經遇害了嗎？」

「什麼……她……你說她被殺了？這是怎麼回事？」劉主任十分錯愕地問。

來深圳的路上，卓律明心裏一直害怕的，就是范瀟瀟當年離開他，甚至她的死，是與中央政府有什麼關係。對他來說，那將會是絕對不能接受的一件事。他將會對自己的國家大為失望。他甚至有心理準備，若真有此事，他便會選擇退選，然後馬上離開香港，和Sarah到美國平靜地過下半生去。他還想像，在那個環境，他也許可以對太太培養出新的感情來。

聽了劉主任剛才的話，和他那不似是假裝的表情，他不禁暗自舒了一口氣。他把他所知關於范瀟瀟被殺害的事，告訴了劉主任。一口氣說完這番話後，他只覺得這房間的暖氣太令人窒息了。他提議到外面呼吸一下新鮮空氣。在會客室外的小庭園，夕陽已開始從羊蹄甲樹的枝椏間斜照下來了，四周有歸鳥的噪鳴。他們沿着人工湖邊散步。

良久，卓律明才開口問：「依你看來，誰會殺害瀟瀟呢？會不會又是那幫人？」

劉主任的眉頭一直緊皺着。「我真的不知道。但他們應該不至於要殺她。除非她上面那個組織真的要在香港搞什麼大事，這事被那幫人知道了，所以要出手剷除她。但這個設想太不真實了。人命關天，他們一個比較鬆散的組織，又怎會隨便出手殺人？再說，若那個反華組織真的要搞事，我們這邊也應該會收到情報的。」

卓律明點了點頭。「以我所認識的范瀟瀟，她根本不是一個搞政治的人。她太忠於自己的藝術了。除了音樂之外，她不會去管其他事，更不會懂。」

「不過律明，人真的很難說。試想，你對她的認識很深嗎？她的事，甚至她的過去，你又知道多少？就算你真的很了解她，事隔廿多年了，你們從沒有聯絡，太多事可以在這段時間發生。」

他不得不承認，劉主任的話也有道理，所以他一時答不上話。他轉了一個話題：「但蔡正威又怎樣？會是那幫人，還是一些對他的行徑看不過眼的個人或組織呢？」

「還好，你沒有把這個也算到國家的頭上去。」劉主任半帶諷刺的說。「你也看見了，如果幹這種事的人是出於愛國之心，他們真是在幫倒忙了。蔡正威出院之後只是一口咬定是建制派夥拍黑社會大哥幹的，卻拿不出任何證據，這件事現在總算不會再發酵下去。但對你造成的損失已經很大。」

「蔡正威之流，夥拍着自決派那些小伙子們，過去這幾年的所作所為，其實有不少人對他們已是恨得牙癢癢的。口誅筆伐不在話下，現在進一步出現肢體碰撞了。你看在不少公眾場合，兩派的人往往會大打出手。終於有人出手把他們小懲大戒一下，不是很正常嗎？」

「當然有可能。但他們實在太愚蠢了。為何選擇在這個重要關頭動手呢？」劉主任嘆了口氣說。「無論怎樣，你千萬別氣餒。我相信，如果你再振作一下，民意是會回轉過來的。我唯一怕的，就是一些愛國情緒衝昏了頭的人，會再做出些什麼傻事來。」

卓律明心想，如果范瀟瀟的背景被公開了，豈不是一宗更轟動的新聞？一個海外反華組織的頭頭在香港離奇被殺，而她更是下屆特首候選人的前度未婚妻！若查出殺她的人真是那些愛國組織的人（都是他的支持者），他的選舉工程便可休矣。他納悶，究竟面前的劉主任，對她的背景知道多少？但劉主任仍是一副處變不驚的神態，拈着茶杯在喝茶。卓律明愈是想，思緒便愈混亂。只聽劉主任又開口問他：

「Sarah 最近怎樣了？」

卓律明真的不想提起 Sarah。自從范瀟瀟出事那晚起，他們之間的關係已跌至冰點。在家裏，他們已好像是陌路人一樣。他很難忘記當晚在電視機旁，她那混雜着驚愕、失望、痛心和無助的表情。她現在仍然願意陪他出席公眾場合，但眼明人也會看得出，她非常不快樂。然而，面對着劉主任，卓律明還是答了一句：

「Sarah 她沒什麼，她也知道我以前的事。她仍然很支持我。不過我很害怕會辜負了她。」

劉主任嘆了一聲：「唉，但你們的貌合神離，很多人已經看得出來了。如果你再不振作起來，你不但辜負了 Sarah，更辜負了香港，辜負了國家。」

「我……我知道。主任，我會努力的。我只想問……」

「你想知什麼？你即管問。」

「我想知道，你們究竟有沒有什麼後備計劃？」

「後備計劃？」劉主任乾笑了一聲：「我們能有什麼後備計劃？你也見到，我們這邊的輿論機器，可以開動的已在全速開動了。但這是場民眾戰，我們太明顯地出手，是會有反效果的。我們稍後會有一些行動，現在還不好說，你只管打好你的選戰，其他的一切不要去想太多了。下星期的電視辯論很關鍵，千萬要休息好。」

但卓律明心想，他不可能好好地休息，以後也不可能。他問：

「你說一些行動。什麼行動？」

劉主任向天噴了口煙，這次正眼地望着他，不過不發一言。

「你們還在盤算些什麼，難道我沒權知道嗎？」卓律明不相信這話從自己口中說出來。

主任這時站起身來，說：「我看今天都差不多了吧。來，」他把手抄到卓律明的背後，輕輕地半推着他往門口走：「快回家休息。還有，請你替我問候 Sarah，她也太辛苦了。」

12 Giselle的一天

這年的農曆新年提早在一月底過了，長假期之後，市面還有些剩餘的喜慶氣氛瀰漫着，而且愈臨近三月，特首的選戰便愈演愈烈。所以，這年的春天特別熱鬧。

帶領着一個「看守政府」的行政長官，雖然聲言要與他的團隊為香港奮鬥到任期最後一天，但他的「奮鬥」都不太讓人看得見。至少，他本人最近就已很少露面了。較大的政策基本上不會在這個時候出台。不得不對一些突發事件作出回應時，他也會假手於下面各有關的局長。他現在最關心的，是卸任後能不能像他的前人一樣，撈得一個政協的副主席席位，從而晉身中央領導層。不久之前他曾收過一些從北方而來的正面訊息，但最近突然靜了下來。派了些耳目去問，也問不出什麼苗頭。這情況教他寢食難安。

反而財政司長高曼盈，還很有職業道德，在這個開始回暖的日子，為二月底公布的財政預算案，進行最後一輪公眾諮詢。她發覺，人們的注意力都去了特首選戰那邊，不在預算案上了。反正他們都預期，出自她手的，尤其是她最後一份預算案，一定又是十分保守安穩的一個預算案。稅務學會和會計師公會已分別公布了他們的估算，說今年的盈餘又將會超過一千億，因此給了她一個「高萬盈」的外號。

她在新聞秘書及政務助理 Giselle 的掩護和開路之下，離開了人頭湧湧的旺角社區會堂。一群記者個個手持話筒追在她身後，中間還擠着一大批攝影師，她連頭也不回，坐進了座駕便離開了。車上，她急忙整理一下她那套用料上乘的法國套裝。坐在前座的 Giselle 一邊整理着文件，一邊說：

「FS，以後出席這種場合，最好還是別再穿 Chanel 套裝，和群眾太疏離了。」

「我明白你的意思。Giselle, but who cares！這應該是我卸任之前最後一次出席這種公眾場合了。我又不是特首候選人，就讓我做回自己吧。」

「Do I sense some bitterness there?」

「Hell, no!」高曼盈高聲答道。「你看 Cliff，弄成現在這副模樣，我慶幸還來不及呢！

你說得對，我不是吃政治這行飯的人。我沒有他們那麼 hungry。我也不慣在鏡頭前罵人，更不想連累家人也整天被人罵，這樣對他們不公平。就讓那些有權力欲的男人去爭個飽吧。我是應該多謝你把我勸退的。」

「別開玩笑了，我只能把你灌醉，不能把你勸退。」Giselle 打趣說。

高曼盈嘆了一聲：「唉，anyway，現在這些都不重要了。不過說起這個，Cliff 最近究竟出了什麼問題？整個人好像跌了 watt 似的，失去了以往的光彩。支持率這樣跌下去，若不再振作起來，後果真的很難料。明明是跑在前頭的，蔡正威那案子之後，一下子落後了。不知有沒有別的內情呢？」

坐在前頭的 Giselle 沒答話。高曼盈看不見她的表情，不知她聽到了沒有。她轉了話題：「Giselle，我之前那個 offer，現在還是 valid 的啊。我離開後，你繼續做個中層 AO 實在是埋沒了你。我丈夫的家族生意很希望有多些年青人願意加入。本來你做我先生的私人助理也挺好的，可是你太漂亮了，我信不過他。」

「你又拿我開玩笑了。」Giselle 說。「多謝你。我會認真考慮的。不過，我在美國的爸爸一直在催我回去幫他。他在唐人街的超市最近又開了家分店，生意好像愈做愈大。」

「在 Chinatown 超市賣醬油？那才是真的糟蹋你啊！你就讓你爸到外面僱個 CEO 好了。要不，你介紹跟 Cliff 那個姓秦的小伙給我好嗎？他也蠻 promising 的。他已離開了公務員行列，Cliff 若真的當不了特首，他也要找出路的。」

「好，Peter 是跟我同一屆的。我幫你問問看。」

就像是回應她的問題一樣，Giselle 的手機「叮」了一聲，是 Peter 的短訊：

「想你了。今晚過來我家？」

* * *

秦恪拖着疲乏的身軀走出地鐵站，緩緩的走回自己的屋苑。約了 Giselle 八時，但現在已差不多九時了，不過她有他家的鑰匙，可以在家裏等他回來。冷冷的毛毛雨，加上突如其來的一陣飢餓感，使他加快了回家的腳步。

自從決定加入卓律明的競選工程以來，秦恪從沒有像今天那樣失落過。前天，第一次電視直播的候選人辯論，卓律明的表現出現了頗大的失準，雖然他對政策和數字的掌握比孔志憲強，但明顯地在某些關頭，他的精神會有點散渙，明明不是很難的問題，他卻答得結結巴巴，而孔志憲卻是一派躊躇滿志，語語中的。一場辯論下來，熒幕上即時顯示的支持率，已是由孔志憲領先。之後，各個時事及政治評論員，也眾口一詞地判卓律明輸了。親建制那幾位評論家明顯地流露着失望，措辭較客氣，而慣常批評政府的那些，則眉飛色舞地點出卓律明的不是之處。

秦恪、競選辦的同事及一眾卓營的支持者在場觀看，只能乾着急。辯論結束後，卓律明只說很累，要馬上回家休息了。這不像他，因為換了平時，無論工作有多忙，他總會拉着一班同事回去競選辦公室檢討回顧一番的。剛才步出錄影廠時，他還低聲問秦恪，另外兩個電台在下星期的兩場辯論，他是否一定要出席。秦恪雖然認為絕對不可以不出席，但還是體諒地答道：

「你先回去休息一下再說吧。」

接下來的幾天，競選辦進入了緊急狀態，因為社會上突然流傳着卓律明要退選的謠言，孔志憲的支持度馬上飆得更高。卓律明從深圳回來後馬上出來澄清這傳聞，但鏡頭前的他，彷彿失去了以前那種感召力。一名記者直接問他：「卓先生，你最近真的好像失去了鬥志，是發生了什麼事嗎？」他只好推說是因為患了重感冒，中醫西醫都看過但一直好不了，的確影響了近期的表現，請大家別亂作猜想，亦感謝市民大眾的關心。

秦恪剛關上了大門，還未趕得及把公事包放下，Giselle 便衝上來把他熊抱住了。她的高跟鞋脫了，臉剛好貼在他的胸前，她聽到他的心卜卜在跳動，感到一陣濃厚的溫馨。她最近很少和秦恪見面，到這刻才發覺原來自己一直在渴望着這男人的體溫。他撫摸着她柔滑但微涼的頭髮，低聲叫她先鬆開一下，好讓他把鞋子脫下，但她仍是抱着不放，所以他們便是這樣子站了不知多久。

秦恪覺得已經再按捺不住的時候，也顧不得自己已經餓了一整天，把 Giselle 抱起往沙發上一拋，然後壓在她上面。他扒開 Giselle 衣服的手勢有點笨拙，逗得她格格笑了起來。他感到她這晚也特別飢渴，雙手一直緊緊抓住他雙肩，扭動着盤骨來迎合他的猛烈衝刺。她樂得有幾次差點暈了過去。她放聲地叫喊，口裏不禁說出一些秦恪也未聽過的英文粗話。她只想這刻永遠不要過去，但當秦恪最後也喊了出來，然後癱瘓在她胸脯上的時候，她卻感受到無比的充實、安謐，就像是一艘被海浪翻騰了很久的船，終於靠岸時那種安穩。

「今晚不要走了，好嗎？」秦恪待呼吸開始平伏時問她。

「今天晚上不行。明天有一個早會，而且預算案還有些 loose ends 要整理。」她爬起身來，從散亂一地的衣服堆中，撿出自己的那幾件，開始穿回去。

「喂，可否透露一下，預算案有沒有增加已婚人士的免稅額？有的話，我這就結婚去。」秦恪一邊穿衣服一邊笑着問她。

Giselle 瞪大了眼，高聲說：「秦恪，你別想了！請問這世界上，有哪個正常的女人會嫁給你這獃小子？」秦恪只管笑。她繞到他身後，開始按摩他因為疲倦而緊繃着的兩肩。她用手大力捏他面頰的肉：「如果這樣算是求婚的話，就是世界上最爛的求婚！」

「我沒說是跟你結婚啊！」Giselle 要開口罵他前，他把頭轉過去，在她嘴上親了一下。「Giselle，我快失業了。我將不止是一個獃小子，還是個失業的獃小子。你還會嫁給我嗎？」

「你在說什麼？」

「我真會失業了。Cliff 最近的情況，你也看得見吧。這樣下去的話，他絕對贏不了孔志憲。」

「Cliff 的情況，真到這個地步了嗎？」Giselle 問。

「我真的不能再樂觀下去了。我以前還以為很了解他，但我最近對他改觀了。我真的很失望，他似乎有很多事瞞着我。他今天去了深圳，還以為中央會給他一些 re-assurance，但回來後，他變得比以前更心事重重的樣子。Giselle，我已經回不去公務員的行列了，你教我怎麼辦呢？找工作也要時間的。未來的幾個月，就靠你養我好了。」

Giselle 沒即時答他這個半打趣的問題，反而靜默了起來。良久，她低着頭說：「不，Peter，你不會失業的。你的前途將會很光明。到時候，是你不要我了。」

秦恪把她抱緊了些，在她耳邊說：「怎會呢？我是一輩子都離不開你了。」

Giselle 抬起了頭望着他：「是真的嗎，Peter？無論我犯了什麼錯，你都不會離開我？」

這句雖像小說裏的對白，秦恪卻一時間答不上話，因為他聞過她脖子上的雪茄味，而且不止一次。若她指的錯就是這個的話，他該原諒她嗎？能原諒她嗎？

「那你得告訴我你犯的是什麼錯了。如果你說，你背着我愛上了別的男人，那可以原諒嗎？」他問。

她避開了他的視線，眼角開始滲出了淚來，搖着頭說：「沒有！我絕對沒有愛上別的男人。」

「Giselle，你知我是個很簡單的人，而且，我是認真的。告訴我，你有什麼事瞞着我嗎？」

「我能有什麼事要瞞你的……真的沒有啊！」

「那就好！」他開心得像個小孩子，抬起她的臉，吻去她眼角的淚。「那就別再說這種傻話了。來，我餓瘋了，給我來個泡麵，可以嗎？」

「真想不到，和你吃的最後一頓飯，竟然是方便麵。」Giselle 自言自語地說。

「你在胡說什麼？什麼最後一頓？」秦恪畢竟聽到了。

「沒什麼。我是說……在你這小狗窩的最後一頓飯。你快要飛黃騰達了，下次你要在禮賓府請我吃飯了。」

* * *

「你這邊的眼線都化開了，好像是剛哭過的樣子。誰敢欺負我的 Giselle 了？」孔志憲輕聲地問，一邊用鼻尖撥弄她的頭髮，聞着她的香氣。

他們並排坐在樓上偏廳的沙發上，面對着露台，外面迴盪着夜蟲的叫聲。飽滿的月亮向這片叢林灑着光，在這個特別和暖的夜晚，照亮了露台外百年細葉榕的樹冠。他們面前的小茶几上有兩杯淺金色的香檳，一小盒黑海魚子醬和幾樣配料。

「我今天實在太累了，不知什麼時候揉了一下眼睛，就弄成這樣子。」她呷了口香檳再說：「Felix, you know I don't need this kind of sweet talk. 再說，即使真的有人欺負我了，你夠膽出面幫我嗎？我們現在這關係，見得人嗎？其實你就正是欺負我的人了。我真犯不着要這樣跟你見面。你知道追求我的人有多少？」

「那你為什麼要勾引我？」孔志憲笑着說。

「誰勾引你了？不是你當初用什麼爛藉口約我出來嗎？那時你是立法會環境事務委員會的主席，要談公事，應該請環境局局長才是，幹嗎要找我這個助理秘書長？而且，為什麼不約在立法會大樓見面，而是在蘭桂坊？」

「因為我知道你的局長是個草包，你才是最熟悉那個議題的人。」

「那你為什麼談公事談不到兩句，便開始對我的私事問長問短？道貌岸然的大律師，裏面其實是個大流氓。」她用手指用力戳他的胸：「你是看得出我對你有好感，所以就向我出手了。」

「哈哈，」孔志憲拿起放涼了的雪茄，重新把它點起：「很多人誤會了雄性動物是主動的一方，其實他們往往是被動的。他們必須等候雌性給他們一個信號，他們才會動手的。哪怕是在會議室開會，你看着我時，你的眼神就是個信號了。很含蓄，卻清楚無誤。」

「去你的屁理論。你把我弄到手了，現在說什麼都行。」她笑問：「那個 Rosalind 又有沒有向你發過信號呢？她是你的頭號粉絲啊！」

「Come on。你不知那女人有多煩人。她在某些地方，尤其在學生會和社會服務界方面，是能幫上點忙，但她整天都給我發 WhatsApp，說這說那，最近還開始傳一些生活照片給我。還說『Felix, I can do anything for you.』你說這算不算性騷擾？」

「真的？Oh my God!」Giselle 忍不住笑了。

「Come on, Giselle，難道你不 appreciate 我這樣跟你來往的勇氣嗎？你該知道風險有多大的。有時候我真覺得我們這樣來往真的很危險。我在政界、法律界打滾了這些年，也很懂得趨吉避凶的，但我對着你，真的控制不了自己。我完全投降了。」

「孔志憲，你這是藝高人膽大。你看穿我不是一般 kiss and tell 那種女孩子，也不會計較要什麼地位。你好聰明。」

「不。其實我真的感謝你肯這樣陪着我，儘管你知道我沒可能離開我老婆。來，我們乾了這杯。」

「對，我們真要慶祝，你的支持率開始拋離卓律明了，而且走勢大好。乾了！」

「Giselle，有一句話說，權力是男人的最佳催情劑。我今晚真的感覺到了。」他拉着她的手，向睡房的方向走去。

Giselle 把他拉住，看了看腕錶。「你先別急。你看，今晚的月光多美。我們到露台去看看。」

她倚在露台的欄杆上，孔志憲摟着她的腰。她沒有穿上外衣，月光的清輝照在她袒露的雙臂。她深情地望着他，把臉迎上去，和他深深的吻起來。

在十米外的草叢裏，一部裝着超長鏡的相機正對着露台的方向，「咔擦、咔擦」地不停拍。露台上的男女開始親熱時，拿相機的人急忙換了一部專拍錄像用的。報館肯購買這種新型號的攝錄機真好，他心想，讓他在光線微弱的環境下，也可拍出不錯的效果。這晚的月光當然也幫了不少忙。

13 號角會議

由武恭總警司率領的「號角小組」並不需要經常開會，因為組裏只有十名全職同事，都坐在總部地庫一個臨時搭建出來的小房間內。這小組的使命其實是支援一個代號「號角」的保安大行動，關乎兩項重要活動，就是三月份特首選舉及六月份領導人來訪的保安工作。這個行動由高級助理處長 Gordon Chiu 統領，有來自不同部門的隊伍支援，但核心工作就是武恭這個小組負責。最近發生的幾宗案件，直接間接和他的工作扯上了關係，這個大清早，他便請來了東九龍、西九龍和新界重案組的幾位同事來，大家一起匯總一下進展。

眾所周知，武恭談公事時的一貫表情，是眉頭深鎖，無論發生什麼事，是悲是喜，他都是這樣。他聽過各區同事的匯報後，眉頭照例深鎖，但這次是鎖得更緊了。東九龍區的同事沒有什麼好消息可報告，因為容少明案自去年年底發生至今，可說是毫無寸進。這也難怪，因為警方掌握的資料實在太單薄，就只有案發地點附近一所便利店的部分閉路電視片段。唯一較有用的發現，是死者手機裏的短訊紀錄，大部分是和自決聯盟有關的。可惜這些通訊都是圍繞一些敏感度較低的事情，如聯誼活動的籌備、各人之間的社交聯繫等。談到敏感話題，他們便會轉移到他們自己的加密內聯網裏繼續談。

通話紀錄方面，唯一有用的發現，是在撿獲的手機裏，有幾次通電是由一家在灣仔的茶餐廳裏打出來的。這個紀錄之所以吸引警方注意，是因為其他所有來電，都是由手機發出的，而由死者發出的通電，對方也差不多全部是手機用戶——這個情況很切合近年的趨勢，因為今天每人都有手機，很少會用固網電話了，很多人即使在家，也會用手機而不是家裏的固網電話。那家茶餐廳在灣仔駱克道，根據紀錄，從去年初至十二月初，接到過三次從那裏撥出的電話，兩次是早上七至八時，一次是晚上九時至十時的時段。

東九龍重案組的同事只是像例行公事般報告過這個消息，之後說：

「我們平時收到由固網電話發出的通電，大多是來自商戶，如銀行、零售店等，或政府及公營部門的。當中不少是推廣產品的，或者你在某商店訂了貨，那裏會打來通知你取貨，又或者餐廳打來確認你的訂位時間之類。茶餐廳的話，大多是用戶打去訂餐，很少是由餐廳打出。但在這案來說，沒有訂餐的可能性，因為死者住在九龍，不可能找一家灣仔食店訂餐。」

武恭緊皺着眉，補充了一句：「也可能是死者認識一個在那所茶餐廳工作的人，他或她雖然自己有手機，但工作時圖方便，用餐廳的電話打給死者也說不定。」他講完後，自己也覺得這猜測沒用處。然後他自言自語地說：「當然還有最後一個可能，就是這個人是這食店的常客，平時會用手機打給死者，但有幾次在那裏吃飯時，手機剛好沒電，又或者手機留在附近的住所或辦公室，所以就借食店的電話打給死者……」

眾人面面相覷，都覺得這案子查到現在也只有這些純屬猜測的頭緒，破案的機會實在很渺茫了。武恭說：

「我的小組關注這件案，主要因為死者是自決聯盟的骨幹成員，而我們先前亦有情報顯示，他們會在選舉當天搞事。號角行動已經啟動，各區的幾百個投票站，以及幾個主要的點票站，也已經安排高級別的保安戒備。不過，相信你們也意識到，自從孔志憲的支持率開始節節上升，泛民主派和自決派的人，已經沒有之前那麼躁動了。我們有幾個線人分別向我們表示，若這個對他們有利的勢態能持續的話，三星期後舉行的特首選舉，他們將不會進行破壞性的行動。」

在旁的阿聰接着上司的話，跟大家說：「話雖如此，但我們有可靠的情報，無論是誰當選，自決派都會在選舉後，或領導人來港時，做一場所謂『大龍鳳』。你們應該記得陸梓敬吧？那個在鏡頭前和 Johnson Li 大唱《天佑女皇》的人。他是策劃及煽動去年旺角暴動的重要人物，只是靠一個技術性的法律觀點而脫身，其後他因為襲擊特首而被定罪入獄。他恰巧會在選舉前兩個星期出獄。有可靠消息指，他一出獄便會着手策動這個大行動。」

武恭說：「沒錯，我們這邊的手足已經作好各方面的準備。當然，容少明的命案還是要查下去，就請東九的同事們繼續努力吧！」之後他再補充一句：「其實我自己對這案子有少許頭緒，但現階段還未成熟，適當時候再和你們東九的同事說。」

那夜在油麻地警署參與和卓律明會面的西九龍重案組莫督察，向號角小組的同事匯報了范瀟瀟案的進展——或者應該說，該案的毫無寸進。這案唯一能掌握到的線索，就只有那段不完全的閉路電視錄影，以及死者指甲縫的皮膚組織。組織樣本的 DNA 分析一早已做好，但連一個目標疑犯都沒有，無從配對，就等於得物無所用了。

莫督察續說：「這案在美國領事館和台灣也引起了一些關注，因為死者在台灣的文化界也薄有名聲。但隨着時間過去，在沒任何新發展的情況下，領事館方面也沒有再追問下去了。平時負責監察中華文化基金會的同事說，那場因為范瀟瀟的死取消的音樂會，目的原來頗為純粹，真是一項藝術表演，並不是為背後的機構籌款，或借機作任何政治宣傳。美國警方也調查過死者在那邊的私生活，也找不到任何可疑的人或事。」

「謝謝，莫督察。」武恭說。「不過無論怎樣，我們對中華文化基金會那幫人，一直盯得很緊。我們現階段的評估，是他們意識到我們的部署，所以不敢在領導人訪港期間生事。他們也知道，他們在香港的各種誣蔑國家領導人的行動，我們基於言論自由的考慮，不會對他們趕盡殺絕。這是我們之間的默契。若他們膽敢在領導人訪港這重要時刻鬧事，我們以後便會以鐵腕來對付他們。」

莫督察問：「武 Sir，你上次取了一份 DNA 的樣本，是不是心目中有任何值得懷疑的人物？不妨分享一下。」

「噢，其實沒什麼。只是很初步的想法。還未去到可以採取行動的地步。」

眾人沉默了一陣。新界重案組的李警司見無人說話，便開聲說：

「各位同事，現在由我來交代一下蔡正威案的進展好嗎？這案的調查工作，直至上星期都處於膠着的狀態，但我很高興向各位報告，我們已取得了突破性的進展。一名駕駛者昨天主動接觸警方，說他剛從英國公幹回來，和朋友談起蔡正威這案，記得當天案發時分，自己曾開車經過附近。他的車裝有錄影機，前後都有。他記得在一個小路口有一部黑色的豐田 Camry 開出來，車速頗快，跟在他後面。那是單程路，那車看準對面沒車，便抽頭超車，然後絕塵而去。他翻查錄影片段，找到那部車，車牌看得很清楚是 MF 556，而且車頭部分有一處明顯的凹陷。」李警司帶着有點興奮的語調說。

「好極了！」武恭說。「時間和地點都脗合嗎？」

李警司說：「可以這樣說。那時候還未有人報警，所以警方並未在附近一帶架起路障截車，因此那車並沒有被發現。之前曾有幾名駕駛人士和我們聯絡過，其中兩名說曾遇見一部開得頗快的黑色房車，但型號看不清，而他們的車也沒有錄影設備。提供行車片段那位，因為最近身在海外，沒有聽到警方的呼籲，所以延誤了案件的偵查。」

「這次我們可算走運了。李警司，你看還需要多少時間才可查出這部車和車主的下落？」武恭問。

「我們昨天已馬上開始與運輸署一起追查。該部車是用公司名義登記的，主要駕駛者的名字是 LUI MING TAK，五十六歲，是一名西醫。我的手足已展開行動，應該很快會有報告了。」

就在這時，李警司的手機響起。他看了看屏幕，然後向其他人示意，來電正和這宗案有關。他聽了頗長時間，說他會馬上回辦公室，然後向在場的人報告：

「剛巧就是負責這案的同事。這位姓呂的醫生一問之下，便對警方承認，案發前幾天，他的妹妹呂慧德借了他的車子，約兩星期之後把車還給他時，他並沒有察覺什麼異樣，可能是有什麼損壞都已修理好了。他自己有幾部車，這部 MF 556 已很少用，所以他經常借給妹妹用。我的手足現在正趕往這個呂慧德的辦公室，準備落案拘捕她。對不起，我要趕回去了。」

李警司離開後，大家頓時起哄，熱烈地談論究竟這個叫呂慧德的是何許人，撞擊蔡正威的動機又是什麼?唯獨是武恭沒有參與議論，因為他知道她是誰。他提高聲線說：

「大家不要猜了。這個呂慧德，英文名是 Rosalind Lui，是天主教大學的校務長。最重要的是，她是孔營的忠實支持者。有傳她曾毛遂自薦加入孔志憲的競選團隊，但卻被拒，所以一直在外圍幫他搖旗吶喊，亦積極促成泛民主派之間的和解，尤其是那些激進的自決派。聽說她也勸阻了蔡正威出來和孔志憲爭奪出線。」

「但她為何要襲擊蔡正威？他現在也是孔營那邊的人了。」有人問。

「她這一招好險，卻很湊效。你們看不見，蔡正威遇襲後，民心所向馬上來個大逆轉嗎？之前，卓律明的支持率一直是領先的，因為他既是建制派，亦受一些思想較 liberal 的人支持。但香港人始終追求安定，討厭暴力，所以蔡正威被襲，觸碰到香港人的底線，理所當然地把責任歸咎到一些愛國愛港組織，或者應該說一些過分愛國愛港的激進分子身上。孔志憲的民望馬上飆升了，又大大打擊了愛國陣營，可說是一舉兩得。」

「對啊！」在旁的阿聰興奮地叫了出來。「她這招不就是陳水扁中槍的香港版？那一槍真可說是改寫了台灣人的命運。但呂慧德的做法更高明了，不讓主角受任何皮肉之苦，真行。」

旁邊有人附和着：「對，陳水扁的苦肉計，要自己受，而且萬一控制失準，丟了性命便弄巧反拙。蔡正威這回是『被苦肉計』了！看來他自己事前也不知，因為他傷得實在頗重，他不像在演戲。」

「我相信，連孔志憲自己，事前也不知情。」武恭說。「我懷疑呂慧德這樣做，還有第三個目的——在社會服務界中，一直流傳她和蔡正威十幾年前好過一陣子，聽說她是被蔡甩掉的，之後在工作上發生了不少摩擦。若我猜得沒錯，她對蔡正威懷恨已久，這次可大洩心頭之恨，公仇私仇一起報，一舉三得，做得很漂亮。孔志憲不知情，所以如果說蔡正威是『被苦肉』的話，孔志憲便是『被受惠』了。」

阿聰苦笑了一聲，面上露出一點憂慮之色：「不過，這個消息傳出去，對選情一定有很大影響。說不定民意又再一次逆轉，卓律明的支持率又一次上升。武 Sir，若是這樣的話，我們剛才還在慶幸自決派不會在選舉日搗亂，現在可能又要重新部署了……」

「情況恐怕是這樣了。」武恭嘆了一聲，躺在椅子的靠背上，揉了揉過累的雙眼。「且看下午的新聞報道，和之後的反應。」

這個房間裝有一部電視，鎖定二十四小時新聞台，但調校了靜音。這時，武恭的注意力突然被熒幕上的號外新聞攫住，他低呼了一聲：

「這次孔志憲真的完蛋了！」

眾人大都背着電視機，看不見這條剛出爐的新聞，都齊聲說：「不會吧！呂慧德的拘捕行動不至於這麼快曝光吧！」然後眾人拿起手機，查看最新新聞。有人調高了電視機的音量，只聽現場的採訪記者站在一所高級住宅大樓門外，門口擠得水洩不通。報道員說：

「我們來到孔志憲位於堅尼地道的住所，自從他的偷情片段在網上被公開之後，大批記者已在這裏守候多時，但他只是透過新聞秘書回應說，他會稍後出來向市民大眾交代這事。我們也未能聯絡到他的太太，或競選辦的其他人。我們會繼續留意事態發展……」

眾人面面相覷，一時不能言語。有人輕聲說了一句：

「Oh my God! What's next?」

14 祝捷之後

孔志憲被偷拍到與情人在大埔的別墅幽會，這消息像野火一樣，燒遍整個香港。他的寓所和競選辦外恍如戰場一樣，擠滿了守候着的記者和攝影人員。今早九時左右有幾個似是競選辦的人，包括孔的新聞秘書，乘小轎車進入了孔住所的停車場，相信是要討論如何向公眾交代。蜂擁而至的記者被大廈的保安人員阻截。

首先報道這新聞的，是那家本地最暢銷的報社，但不在報章而是先在自己的新聞網上，事先張揚即將有「猛料」，之後在早上八時左右播出整個約四分鐘的片段，同時出版一份四版紙的彩色號外，一上市便被人搶購一空，實行紙媒網媒雙翼齊飛。

事件中最惹人議論的是，那個神秘女子究竟是誰？那女子全程只看見背面和側面，一束過肩的長髮，修長的身段，和不少時下女藝人相似，但黑暗裏看得不清楚。但在這個沒有秘密的城市，女主角的身分終於也曝了光，但這是之後的事了。市民和媒體另一個關注點，就是究竟是那報社神通廣大，主動發現了這「姦情」，還是有人故意通知他們來偷拍呢？

記者等到大約十時，各報館收到新聞秘書發出的通知，說孔先生會在半小時後出來會見傳媒。

在卓營的競選辦那邊，當然是另一番景象。卓律明今晨上班時，已和在大門守候的記者說，他對此事暫時不便置評，一切有待當事人出來交代。競選團隊的全人，一早已圍攏在電視機旁，等待孔志憲會見媒體的直播。這個七人團隊，在過去幾個星期一直處於挨打狀態，身心俱疲，大部分已作了戰敗的心理準備。這次孔志憲出了事，他們口裏忍着不說出任何幸災樂禍的話，但因為預期選情將會有對卓營大為有利的逆轉，禁不住吐一口烏氣，心裏萬分興奮和期待。現在全香港的人都在觀望，究竟孔志憲會不會退出競選，抑或是頑強地作戰到底？

但這個七人團隊，今天獨欠秦恪一人。因為從未告過一天假，從來不生病的他，在這麼教人振奮的一天，竟在群組裏發訊息，說身體有點不適，不能上班。更令他們納悶的，是連卓律明今天也不見得特別興奮，臉上更好像有一絲哀愁，對秦恪的缺席，也沒有任何表示。眾人雖覺得可能發生了些什麼事，但在這重要時刻，也不去多想了。有人不知從哪裏弄來一瓶香檳，卓律明雖然說沒有在早上喝酒的習慣，但在大家的慫恿下，還是接過了酒杯。於是每人一邊呷着香檳，一邊盯着電視。

孔志憲這座豪宅的大堂，既簡約又寬敞，管理處僻出一角地方，讓他會見記者。他的新聞秘書對管理處說，孔先生發言後便會離去，不會回答提問，全程不會超過五分鐘。

孔志憲跟在新聞秘書身後，準時步出電梯，昂首闊步走到記者面前。整個大堂頓時泛濫起白色的光，把他的臉色照得蒼白。無數個攝影鏡頭同時開動，管理員和新聞秘書要拉起有彈性的繩子才能把記者們攔開。孔志憲穿着整齊正裝，頭髮梳理得貼服，但眼肚子的黑圈很明顯，看得出是一夜也沒有好好睡過。

他清了清喉嚨，對着鏡頭朗聲說：

「各位傳媒朋友，各位香港市民，各位孔志憲的支持者，辛苦大家了。我在這裏向各位說，你們在網上看到的片段，的確是我本人。我的確做了對我太太不忠的事，作為丈夫的我，實在對不起她。作為行政長官選舉的候選人，我明白香港人對我的個人道德操守，有很高的期望和要求。我承認，我辜負了你們的期望。我在這裏，鄭重地，誠懇地向全港市民，特別是我的支持者道歉。」

他稍作停頓，然後深深的向前作九十度鞠躬，維持了足足十五秒。這動作引發又一輪耀眼的閃光燈，和「咔嚓」聲響起。

「知錯能改，善莫大焉。我希望你們能原諒我的過錯，再給我一次機會。我不會退出行政長官選舉，因為，香港的民主事業正露出一點曙光，我不能在這關頭離開你們，不能背棄一直支持我的人。去，是容易的決定；留，才是最高的挑戰。我願意繼續肩負這個重擔，希望你們能和我這個罪人，一起作戰下去。」說罷，他又再一次鞠躬。

他深深吸了一口氣後，再說：「最後，我希望你們不要去搜尋視頻片段中那位女士。她是個很好的女孩子，責任不在她。至於我的太太 Amanda，她很傷心，但在我的再三保證下，她已經原諒了我。她是個受害者，我懇求你們，不要去追訪她。也請你們諒解，我實在已經很累，不能再回答你們的問題。多謝。」

最後一次鞠躬後，他就在新聞秘書的引領下，離開了採訪範圍，急步踏進在大門口守候的座駕，在無數記者們的高聲追問聲中離開了。

* * *

今天全港報館的記者可說空群出動，兵分多路去追查。孔志憲希望記者不要去追查片中女子的身分，可說是與虎謀皮。不出半日，Giselle 的身分已經曝光了，但暫時未有人查出她的住址。財政司司長的行政助理，首長級第二級的美女政務官周紫穗 Giselle，竟然和已婚的立法會議員、資深大律師孔志憲搞上了，本身已是大新聞，男方更是呼聲極高的下屆特首候選人。整個新聞界，現在簡直好像服了類固醇興奮劑一樣。

另一支記者隊伍，現在守候在卓營競選辦樓下，要報道在孔志憲宣布不退選後，卓律明的第一個反應。卓律明口角掛着微笑，以一副淡然的態度走出來，只是說了這一句：

「我聽過孔先生的發言了。我尊重他的決定，也歡迎他繼續他的競選工程。當然，我很有信心能夠勝出，因為選民的眼睛是雪亮的。各位對不起，我趕時間，下次再談。」

在車上，他很快收起了微笑。他的思緒現在十分混亂，因為那感覺再次來襲了。是那種以為是自己努力而獲得的一切，原來都是別人施予的感覺。孔志憲這宗醜聞，怎會剛好在這個選戰的關鍵時刻爆出？這會不會就是劉主任說的「我們還有些行動」？他們為自己鋪設了一條扶搖直上的大道，把路上的屏障清除。首先是除掉那個在他身邊，身分極有問題的女人；安排他回香港的大學工作，然後加入政府的管治團隊。到了他的戰況轉趨危急時，他們再一次出手，而這次用的手段，更有點旁門左道了。

循這條思路想下去，究竟在他的人生裏，還有什麼是被安排了的呢？會不會連他的妻子也……他不禁回想當初是怎樣和 Sarah 結識的。對了，就在范瀟瀟剛出走，他的心情跌到谷底的時候，他以前那位廠家老闆約他與一位移民美國多年的老朋友吃飯，是那位朋友帶同了他的「世姪女」Sarah 出來和他見面的。他對 Sarah 雖然印象不錯，但那時候他的心情還未平復過來，之後沒有主動約會她。反而是 Sarah 不久便再來電，然後很自然地發展下去。

想到這裏，他不禁起了疙瘩。

他今早打開視頻一看，震撼之餘，認出那女子和 Giselle 有五成相似，於是馬上發了短訊給秦恪——「Peter：會是 Giselle 嗎？」——但到現在還沒有回覆。見到秦恪罕有地缺勤，他便知道不妙了。他叫司機繞到秦恪的住所。

開門給他的秦恪，木無表情，鬍子未刮，看樣子也跟孔志憲一樣沒睡好。他請卓律明坐下後，機械性地給他倒了杯水，對他說：「多謝你來看我，我沒什麼事。別忘了你今天下午還有兩個會議。」

「怎麼會是她呢？」卓律明直接地問。「你認為他們是自然發展，不慎被記者撞破，還是 Giselle 她……她有什麼意圖？」

秦恪那雙單眼皮的小眼睛，已佈滿血絲。他搖搖頭說：「她早上在電話裏告訴我，這是她自導自演的一場戲。她說，戲做完了，但在香港這地方，將再沒有空間讓她做回自己了，所以她今天會離開香港，返回美國。她說如果我能夠原諒她的話，我可以過去找她。還有，她要預先恭喜你當選。她說她一直很仰慕你，可惜以後也沒有機會和你共事。」

「為什麼？她為什麼要這樣做？」

「她說理由很簡單，她不想孔志憲當選特首。要達到這個目的，在她一個人的能力範圍之內，她沒有選擇，只能這樣做。不過，」秦恪抬起眼望着卓律明：「她特別讓我告訴你，她不是受任何人指使，完全是自己的意願。請你不要去猜度。我不明白，她為何要對你這樣說。有誰會去指使她？你知道嗎？」

卓律明有點猶豫，但他還是說了：「她是指中央政府的人。我但願她是在說真話。這個不好向你解釋，但曾經發生過一些事，令我懷疑他們可能在做一些……不應該的事。但我當面問過劉主任，他斷然否認了，所以我沒理由再懷疑下去。根據他的推測，可能是一些過分愛國的組織，在完全沒有中央祝福之下幹的事，覺得自己是在『替天行道』。我以為中央可能會出手阻止這些人再鬧下去。但我想不到，Giselle 竟是這類人……」

「為什麼，Giselle，為什麼……」秦恪雙手捧着頭，低聲地叫喊：「不想孔志憲當選是一回事，但不至於要把自己的名譽和事業都賠上去啊！值得嗎？Cliff，我不明白啊！」

「我也不明白，Peter。也許我們永遠都不會明白。」

「Cliff，我和 Giselle 的關係，除了你之外，有人知道嗎？若對方有人知道，將會對我們不利。你應該沒有告訴 Sarah 吧？但我總覺得她是知道的。」

他從沒有告訴Sarah，所以也不明白為何她會知道。他又想起剛才腦裏閃過的那個念頭。她們是認識的嗎？

你想得太多了，卓律明，他告訴自己。他回答道：

「沒有，我從沒有告訴任何人。不過在這個圈子，若要人不知，除非己莫為。總之，有人真要這樣說，你一味否認便是。除非你們給拍了照片。」

「這個應該沒有。我們從沒有一起公開露過面，都是在室內，那個……」

「那就好了。Peter，你會原諒Giselle嗎？我相信她是真心喜歡你的。不過，我們這邊很需要你。你留在我的團隊，前途將無可限量。這個你應該知道的。」

「我知道。但現在距離選舉日只有兩個星期，快要到助選冷靜期了。而且發生了這事後，他已經不是你的對手，所以你也不要太高調。」

* * *

「真難得你今天回家吃午飯！」Sarah 見丈夫回來，興奮得像個小女生般蹦蹦跳：「我準備了豉油王炒麵和及第粥，都是你喜愛的。對啦，及第及第，今天吃這個真應景啊！」

自從范瀟瀟一案之後，卓律明精神萎靡不振，外間的活動減少了，反而在家裏的時間較多，和 Sarah 的關係因而好了起來。她絕口不再提那件令他揪心的事，積極地協助他渡過這個難關。她每天起得很早，又煲湯又熬粥，刻意打扮一番，端莊秀麗地陪他出席公開場合，四處向人解釋丈夫只是因為勞累，身體有點不適而已。表面看來，有這樣一個太太，男人夫復何求呢？

但自從腦裏閃過那個念頭後，卓律明望着 Sarah 時，人雖然還是那個人，但在他眼裏，她突然多了一層不易觸摸的深度，一種陌生感。Sarah 從廚房把粥端出來，一邊在粥面吹拂，一邊用勺子輕輕攪拌，對丈夫說：「來，可以吃了。」

「很好吃。謝謝你，Sarah。」他已忘記上一次吃她煮的及第粥是什麼時候了。應該是十年前吧，他還在大學教書，和她的關係還未弄得太僵的時候。

「忘記跟你說，好武功剛來過，說想跟你談那案子的事，和順道預祝你成功。我說你快回家，但他坐了一會便走了。我正在廚房裏忙着，也沒有好好招呼他。」

「我收到他的短訊了，我們會再約。只是沒想到他會親身來我家。」武恭給卓律明的訊息裏還有一句：「蔡正威案的疑犯落網了。是 Rosalind Lui。孔志憲這次神仙難救。」

「他說是路過的。噢，Uncle Ben 昨天到了香港，他不肯住我們這兒，堅持要住酒店，我也由他了。他剛打電話來，說他真的不枉此行，」Sarah 邊說邊笑起來：「他之前在美國也見到蔡正威那宗案件的報道，而且一到埗就親身見到孔志憲這宗醜聞。真是太戲劇化了。還有還有，剛才電視新聞又報道了，警方已經查出是誰撞傷蔡正威的，正午時分警察到那人家裏把她拘捕了。原來是個女的，還是孔志憲的支持者！這個選戰真的愈來愈精彩了。我要馬上告訴 Uncle Ben 才是。」

「這個事，武 Sir 已經告訴我了。的確意想不到。」

Sarah 一邊把炒麵端出來，一邊說：「哈哈，那些無端受了嫌疑的愛國組織，今次可以得到平反了。看來孔志憲可能要一日之內第二次出來見記者！」

卓律明沒有陪她一起笑：「Sarah，你認識孔志憲那個女人嗎？」

「在視頻裏面那個？我怎會認識她？她是誰，你知道嗎？」

「她是財政司長的行政助理，叫 Giselle，也是 Peter 的女朋友。不知為什麼，我有印象你是認識她的。」

「哪裏？這個 Giselle 我是見過，但我只憑女人的直覺猜度 Peter 在談戀愛，不知道他跟誰在一起。唉，這回他可要失戀了，怪可憐的。你去問候他一下吧！」

卓律明沒有追問下去：「OK。你和 Uncle Ben 有什麼安排？明天先和他吃個午飯好嗎？」

「不急，反正他這次回來會留到大選之後才走。我明天要和學校的同事開會，辦理一些交接的事。我約他後天吧！」

15 漸近的海浪聲

在陸梓敬二十九年的人生中，從沒有如此驚慌過。他現在被繩子綁在這部小車的後座，動彈不得。他的雙手被反扣在背後，雙眼被罩着，口裏塞滿爛布條，唯有耳朵能聽見外界的聲音。

他從大學時期開始便懷着滿腔熱血，碰碰撞撞，從來沒有半點畏縮過。他衝擊政府總部、立法會、聯絡辦事處，披着大英帝國國旗焚燒基本法及國旗區旗，毫無懼色。他祖父在文革時期被批鬥，偷渡到香港，對現今的政權恨之入骨。他爸爸本想在九七回歸前移民，但為了生計，還是留在香港。陸梓敬耳濡目染，自小便對內地毫無好感，所以他和父親一樣，認為香港的黃金時期，隨着英國人的撤離，已經一去不復返。

在中學時期，他也曾參加過政府和愛國團體主辦的內地交流和考察團，覺得這些活動並不像傳說中那麼「洗腦」，的確讓他看到中國在多方面的神速發展，但他看不到這一切的意義。同時，他卻看到港人與內地人在文化和語言方面的巨大鴻溝、體驗到沒有

Facebook 和 YouTube 的生活、看到內地在多方面仍然是個很專制的國家。所以，他並不以身為中國人為榮。中國發展雖然如日中天，但他看不到這跟香港有什麼關係。他看到的是：香港的大學畢業生，月薪廿年來沒升了多少，和一個洗碗工人差不多，但樓價物價在這段時間卻翻了好幾倍。就算不吃不穿，未來十年他也買不起一套自己的房子。他看不見自己的出路，對前景看得很灰。他的言論凝聚了很多年青人，被一眾主張香港自決的人捧為偶像。

他和他那批同路人也計算過，在香港搞這類社會活動，成本並不高，因為無論行動有多激進，他們永遠不用賠上性命，最多是坐幾個月的牢，出來又是一條好漢。這種個人「犧牲」，還會為自己鍍上一個光環。走在前頭那幾個，跑到外國說不定還會得到特別禮遇。最近有位大律師立法會議員，還說身為民主鬥士，有個案底是件好事。不過，他的計算畢竟錯了。容少明案發生後，他們也曾檢討過自己的策略，但這案是否屬於謀殺，到目前還是不清不楚的，而且他也絕未想到這噩運會降臨自己身上。他現在與死亡迎頭相遇，但悔恨已太遲。

他上星期出冊，也掀起過一些哄動，因為市民關注他出來後會籌劃什麼大計或大動作。但有關他的新聞卻被孔志憲的醜聞，和蔡正威案的新發展完全蓋過了。所以這星期他非常低調，只是不停和自決派的弟兄姐妹開着閉門會議。他們亦審時度勢，預期孔志憲會受到嚴重打擊。在爆出醜聞那天早上，連孔自己也說要棄選了，但陸梓敬和泛民幾個派別急忙阻止，一致希望他千萬要挺住，所以他才硬着頭皮出來說不會退選。

這晚，陸梓敬和 Johnson、Angie 等人開完會，又獨自回去百樂新村的家。從地鐵站走到他住的那座樓，要走好一段路和一條陰暗的行人隧道。其實自從他出獄後，總覺得晚上回家時，好像有人在尾隨着，但他卻不以為意。他的記憶，去到這條行人隧道的出口便終止，依稀記得是被人從背後用手帕捂住了口鼻，之後便暈了過去。回復知覺時，已在這部小車中，動彈不得了。

他感覺到車子正不徐不疾地開往一個目的地。路面開始有些顛簸，聽四周的聲音，他們正離開市區，走在一條寧靜的郊區小路上。前座好像坐了一男一女，男的在開車，聽他們之間的輕聲交談，似乎那女的處於一個領導位置。他開始掙扎着，口裏發出嘎嘎叫聲。那女的回過頭來，用冷峻的語調向他說：

「你不用掙扎了。你這幾年還掙扎不夠嗎？你們早就應該停手了。面對容少明的死，你們一點警惕都沒有，你也完全沒有悔過的表現。所以是你逼我們再出手的。一會兒你會很平靜地，慢慢沉到水底。反正你已經迷迷糊糊了，不會很辛苦的。唯一你應覺得遺憾的，是沒有為你準備一面大英帝國的國旗，和你一起陪葬。哈哈！」她和旁邊的男人冷笑起來。

陸梓敬聽了她的話，覺得這聲音好像哪裏聽過，但他這時已驚慌得渾身冒着冷汗，只顧想辦法逃生，再不去想其他了。他掙扎得更劇烈，但一切都於事無補，沒有人可以拯救他。他開始哭，他想求他們放過他，但被塞着的舌頭說不出一個字。他開始想起父母；過去的一段人生閃現眼前。他開始失禁……

* * *

距離選舉大日子還不到兩個星期，卓律明競選辦的忙碌程度，可想而知。但現在辦裏上上下下，都洋溢着快要手握勝利的興奮，所以意志特別高昂。孔志憲雖然沒有棄選，但無論他怎樣努力，無論口裏怎麼硬，亦不禁感到大勢已去。他的太太也發了聲，說已經諒了他，希望大家給丈夫一個服務香港的機會。但她的聲明非常簡短，而且她一律拒絕訪問，亦絕迹公開場合，所以她在此事的態度仍然很不明朗。

傳媒和論者一般對他毫不留情，惟有幾個一向支持泛民主派的媒體，在譴責他之餘，竭力呼籲社會體諒包容，為了「民主大業」，繼續投票給孔志憲。當然，選舉就是選舉，很難說誰是必勝。尤其這次選戰過程特別曲折，政治一天都嫌長，莫說是兩個禮拜。有誰知道還會有什麼事？

所以，卓營還是孜孜不倦地工作。那份當選後的演辭已寫得八八九九，連落選時用的那篇，他們也不敢怠慢。卓律明與秦恪公務晚飯後一起回到辦公室時，已是晚上九點多。他剛才沒留意秘書發給他的信息，回去見桌子上的字條，說一位美國來的世伯有急事要找他，而且不能在電話說，多晚也要上來辦公室面談。準是 Uncle Ben 了，他想，只覺得這個要求有些兀突，而且他現在正忙着，不能想像有什麼事不能改天談。他照 Uncle Ben 留下的電話打了給他。

「是 Uncle Ben 嗎？是 Cliff 啊。不好意思一直沒給你回電話。我跟 Sarah 打算明天和你吃飯……什麼？你有事要馬上談嗎……好，你上來就是，但現在這麼晚……好的，我等你就是。」

卓律明很久以前見過 Uncle Ben 一面，但記憶已經很模糊。他這次在他面前出現，卻令他想起在一件公事的討論中，曾經在有關檔案裏見過他的照片，但現在已記不起是什麼事，只記得它不屬於自己的職責範圍，所以沒放在心上。他應該接近八十歲了，一頭灰髮，一張頗有風霜、乾瘦的臉，但精神還算硬朗。

Sarah 說 Uncle Ben 這次回來是想趕趕熱鬧，親身經歷一下香港這個歷史性時刻，因此卓律明的印象是，Uncle Ben 跟很多人一樣，是個慕名而來見見未來特首的人。不過，他與卓律明握手時，卻沒有顯露這種心態。他緊鎖着眉，似乎十分焦躁，甫坐下來，便開口對卓律明說：

「Cliff，我可以這樣稱呼你吧。請恕我這樣冒昧。我要跟你說的話，在電話裏說不太方便，更不能在你家說。」Uncle Ben 說：「我也許會說些冒犯或不中聽的話，亦希望你可以冷靜地聽我說。」

卓律明有種不祥的感覺：「沒事，你說吧。這種話，我都聽慣了。」

Uncle Ben 嚥了口口水：「我這次來香港，其實是要叫 Sarah 收手的。趁現在還可能趕得及的時候。你知道她今天去了哪兒嗎？」

「收手？Uncle Ben，對不起，我聽不懂你的意思。是 Sarah 犯了什麼錯嗎？我也不知她現在在哪。噢，對了，她說今天瑜伽學校的交接工作需要她處理……」

「那就有點不妥了。我打她手機一直沒人接。」Uncle Ben 顯得有點不知所措，不斷搓着兩手。他見卓律明在等他說下去，便接着說：

「我還是由頭說起吧，否則你是不會明白的。我以前在香港是個工人領袖，也有參與六七年那場暴動。我在九十年代初移居美國，但一直很關心香港的情況，在那邊也有參與當地一些愛國組織的活動。」

卓律明猛然記起來了——他曾出席一個由政務司司長主持的榮譽勳銜委員會，見過有關一位前工人領袖的個案。他當時也覺得把最高勳章頒給一個前工會首領，有點奇怪，但因為他不是推薦人，不是他的 case，所以也不好表示異議。檔案裏的照片應該就是面前的 Uncle Ben，好像姓鄧，但後來公布出來的獲頒勳銜人士名單裏，卻不見他的名字。

「噢，我記得了。幾年前，政府曾考慮過頒勳銜給你。一定是你婉拒了。你好像姓鄧……」

「連這個你也知道。對，我是鄧紅山。特區政府的好意我很感激。那段慘痛的歷史也不應就此抹掉，新一代香港人也起碼要認識一下。但我一向是個低調的人，而且我認為我不值得拿這個崇高的榮譽，值得的另有其人，所以我回絕了。其實，當時的真正首領並不是我，而是一位叫周若平的。可惜他在那場運動中犧牲了，我當時還未到三十歲，但他死得突然，工會的人推舉之下，我無法不接手抗爭委員會的工作。」

「周若平？這個名字好熟。」

「你應該聽過他的名字。他就是 Sarah 的父親。」

「Sarah 的……父親？」

「對。若平他，是被英國人警察，和一些港英走狗打死的！他的屍體，幾天後在新界一處地方被人發現……」鄧紅山說到這裏，似乎有點激動。他擤了擤鼻子，再說：

「幾個警察衝上了若平和平嫂家，拳打腳踢地把若平活生生打死。就在他的家人面前。平嫂想阻止他們，也被他們打得暈了過去。一對兒女，諾江和諾雲，就只敢躲在門後，眼睜睜地看着自己的父親被人打死。當時諾江五歲，Sarah 不到四歲，想大聲叫，但被哥哥用手捂住了口。」

「我只知道她的父親早死，但原來他是……」

「那個年代，一個寡母婆帶着兩個孩子，之後那幾年若是沒有工會的照顧，真不知會怎樣。他們一家三口，有幾年是寄居在我家，就像一家人一樣。不過你別誤會，我後來自己也成了家，我和平嫂沒有別的關係。我是看着Sarah長大的。在那時代，我們當然不知什麼是創傷後遺症，但從今天的角度，他們一家人，尤其是平嫂和Sarah，受了很深的傷害，久久未能平復。其中一個原因，是平嫂一直執迷於要找出殺死丈夫的幾個人，但這個談何容易。我們也勸她放棄，因為在港英治下，要揪出那幾個警察繩之於法，簡直是無可能的事。但她像發了瘋地四處跑，所有政府部門的人都怕了她。最後……」

「最後怎樣？」卓律明愈聽愈是震驚。

「她像個私家偵探一樣，四處追擊她心目中的兇手。有幾次她拿着刀去襲擊一名警員，被人逮住了，抓進監獄，後來被驗出有嚴重精神病，又把她關進精神病院裏去，服刑幾年出來後，又進進出出精神病院，朋友都躲着她，怕她會無故襲擊人。最後，她活不過五十歲便去世了。」

卓律明沉吟無語。Sarah 只告訴過他，她唸中學時已失去雙親，不想多談他們的事。他尊重她的意願，從來沒問過她。

「Sarah 她跟母親的關係很親密，你可以想像，這種生活，對成長中的 Sarah 影響有多深。殺死周若平的人，不止害死了她的父親，之後她母親也因他們而死。你說，對一個成長中的孩子來說，這創傷可有多大？她的童年，一段日子是沒上學的，因為她有嚴重的紀律問題，亦有暴力傾向。我幫她轉過很多所學校，沒有一處是待得長的。我當時很沮喪，我埋怨上天，為什麼上一代的苦，要延到下一代呢？」

「但真的很奇怪，上天好像聽了我的申訴那樣，Sarah 的情況突然好了起來。以前她爸爸任教那家愛國學校，看在她父親臉上，收了她讀中學，但誰也沒想到上了中學，她突然變得很長進，紀律問題一下子消失，成績也突飛猛進，從一個問題學生，半年內成為班裏一個品學兼優的模範生，還在學界運動會取了很多獎牌。原來人變起來，是可以這麼快的。總之，她就像是脫胎換骨的另一個人。有時候我看着她，心裏也不禁有點發毛——面前這個女孩子，究竟是不是周諾雲，還是有個靈魂什麼的上了身？」

「不過，對她這個改變，我高興也來不及，所以也沒有去想太多。一九八一年，Sarah

中學畢業後，考取了UCLA的獎學金，這個你應該知道了。她自此在美國定居下來，畢業後在那邊教授瑜伽。後來透過我的關係，她也開始替當地的華人組織當義務工作者。我們都是一群愛國愛港的中國人，雖然身在美國，但一直非常留意香港的情況，覺得回歸後的香港，實在是每況愈下。香港人現在有一個發展如日中天的國家，但他們卻嫌棄她。有人竟說，一聽到國歌奏起，便感到十分煩厭！球場上和外國隊作賽，竟然在中國國歌奏起時喝倒彩！」

「我在一九九三年退下了工會的工作，到美國和在那裏工作的兒子一起住。因為以前工作的關係，我和不少聯絡辦公室的人員一直保持聯繫，回港時也會相約敘舊，所以他們也不拿我當外人。從他們那裏得知，中央相中了幾個有機會在九七回歸之後某一屆當行政長官的香港人，會盡量為他們創造些機會。而你屬於名單上排得最先那幾個。你到美國工作時，我開始留意你。你在一九九五年認識了那位范小姐。」

一聽到他提起范瀟瀟，卓律明的神經馬上繃緊起來，但他竭力保持冷靜。

「以你的政治敏感度，我也很奇怪你竟然不知道她是一個極端反華組織裏的人。可能是因為你對她太着迷了。我於是把這個消息告訴了聯絡辦的朋友。他們當然覺得很失望，但他們倒沒有要我做些什麼。他們說，卓律明他要選擇這樣也沒法，只好把他從名單上剔除掉。我們那個組織裏的人都覺得很可惜，所以便找她談，希望她離開你……」

「你們……她……你們誤會了她，她不是那個反華組織的人，她的藝團是他們資助的一個機構而已！你告訴我，她有沒有收你們的錢？」

「你先不要激動。有，她有接受，但出錢的不是我們，當然也不是中國政府。」

「那是誰？」

「是你以前電子公司的上司，郭令基。其實跟范小姐接觸的，也是他。他比我們更着緊你的前途。郭先生告訴我，他跟范小姐談得很好，他亦強調他不是受中國政府指派。范小姐是個很明事理的人，她一聽到你有機會成為香港的領導人，便知道不可能再跟你在一起。她自知身分特殊，所以同意離開你。我想這也證明她是愛你的。郭先生給的五十萬美元，明言是捐給她負責的那個樂團的，而她也實在急需要那筆錢，所以她接受了。Cliff，我對范小姐的遭遇也很同情。至於誰會下這毒手，我們那邊，也的確沒有頭緒。」

卓律明鼻子一酸，再也止不住淚水了。他究竟是應該感激，還是怨恨他和郭令基呢？

他一時竟決定不下來。但起碼他知道，范瀟瀟是為了他的前途而離開他的。在他的餘生裏，這足以作為一點慰藉。

他向鄧紅山揮了揮手，說：「請你不要再說關於范瀟瀟的事了。你說有關 Sarah 的急事，究竟是什麼？」

「我這就說到了。范小姐離開你之後，我當然第一時間把 Sarah 介紹給你。我還想不到你們這麼快便結婚。但我要強調，她當時是個十分正常的人。她的思想正確，工作很積極，又健康漂亮，跟你很匹配。她對我說，能遇上你是她的畢生大幸，她看到了她命中註定的偉大使命，所以很主動的和你約會。在她那賢淑的外表下，其實她比你更有野心。你們婚後，你的事業扶搖直上，一切都發展得很令她滿意。」

「到了現任特首上台，人心所向出現了愈來愈大的分歧和撕裂。有人開始談論『港獨』問題，所謂『自決派』也應運而生。Sarah 對此十分憤慨，但她為人深藏不露，我相信她在你面前也不會洩露她的想法。她告訴我，要為你掃除在你路上的所有障礙。當然，最觸動她神經的，是那些懷念英治時代的『戀殖』分子，認為若不在他們壯大之前『斬草除根』——對，她是用了這個詞——將來一定會對你的管治帶來無窮無盡的問題。對 Sarah 來說，新仇和舊恨糾集在一起，是個很大的衝擊。」

「這個時候，我開始害怕了。我其實幾個月前來過香港，和她見了一次面。我發覺她眼裏有一團魔性的火在燒，她表面愈冷靜，愈讓人不寒而慄。我知道她可能會做出些害人的事，但她不肯告訴我。我告誡她，她若做出任何傻事，是一定會連累你的。她就用那種非常鎮靜的語氣對我說：『不用擔心，沒有人會知道是誰幹的。』從那時起，我真的寢食難安。之後不久，傳來蔡正威被襲的消息，而案發後，又見自決聯盟那些人揭發，原來之前自殺的那個學生，是被人害死的。我心想一定是她幹的，但她卻矢口否認。」

鄧紅山一直在描述的周諾雲，卓律明很難與他認識的妻子連在一起。鄧紅山所說的，已超出卓律明的理性和感性範疇。他搖着頭對鄧紅山說：「Uncle，沒可能的。蔡正威案的疑犯剛剛落網了，已證明不是 Sarah。請你不要再胡亂猜度。還有，我也認識負責調查容少明案的警務人員。他們說那疑兇是個又高又瘦的男人，怎會是 Sarah ？」

「她……她可能有同黨啊。」

「Uncle，拜託，別再瞎猜了，好不好？我和 Sarah 一起生活了這麼多年，難道你會比我更了解她嗎？」但他說完了這句話後，猛然醒覺，他和 Sarah 其實已經是活在兩個世界的人。他們的唯一交差點，是她參與他的競選活動的時候。其餘的時間，他真的知道她在做什麼嗎？

鄧紅山一口氣說了這麼多話，已覺得很累。他嘆了口氣，撒開兩手，說：「Cliff，我也知道未必能說服你。我今年已經八十歲，身體也不好，再活不了多少年了。你相信也好，不信也好，當是看在我這個老人份上，幫幫她吧！我若阻止不了 Sarah 再做傻事，我將對不起她的父母，我死也不瞑目。」

卓律明避開了他的目光。

鄧紅山再俯前了身子，懇切地說：「Cliff，我已大概知道她的下一個目標。那個崇拜大英帝國的陸梓敬，不是上星期剛出獄嗎？聽說他正在統領着一個大行動。Sarah 說她這兩天不能見我，我恐怕她是在進行什麼針對他的計劃。但她的電話關了，我真的不知該怎辦。我求求你，快想想辦法呀！」

* * *

陸梓敬已經掙扎到筋疲力竭，手腕被塑料箍縛着的位置在滲着血。但他已不感到痛楚。那女人說水底……他們一定是打算把我扔到海裏，他心想。他感覺車子來到一個極僻靜的地帶，很快，他將會聽到海浪聲。

女人查看了一下手機，然後撥了個電話：

「Cliff？你找過我好幾次了嗎？我還在學校呢，他們正談得沒完沒了的。什麼？你和Uncle Ben在一起？他跟你說了什麼？」她跟男人交換了驚愕的眼色：「Cliff，你聽好：千萬不要相信他說的任何話。他已經患腦退化症，還有妄想症……我不能跟你談了，你快回家等我，我馬上回來。」

她急忙掛斷了電話，和男人說：「糟了，Uncle Ben找上了Cliff，我們要加快點。」男人詛咒了一聲，馬上加快車速。

很快，一聲，兩聲，逐漸趨近的海浪聲，傳進陸梓敬現在超敏感的耳鼓裏。本來優美平和的海浪聲，就像是為他敲起的喪鐘。他感到車子漸漸放緩，最後停在一個微陡的坡路上。

他聽到車子前座兩邊的車窗打開了一半。前座的男人把手閘鬆開，熄掉引擎。兩人下了車，然後用遙控鎖了車門。陸梓敬還在裏面掙扎着。

「你找的這個地方也真夠僻靜。剛才經過的那個村莊，應該是荒廢了的吧。烏燈黑火的。」女人說。

「你放心吧。這兒是個海岸保護區，這條車路只有大學的研究人員才知道。這個鐘點，我已來踩過幾次。連鬼影也未見過一個。」男人說。

他們兩人走到車尾的位置，然後靜默地站着不動，彷彿是在祭祀時，虔誠的信徒站在祭品面前靜默一樣。之後，他們兩人突然緊緊地擁抱在一起。女人親了一下男人的面頰，在他耳邊低聲說：

「David, thank you so much!」

「Sarah，你知道我可以為你做任何事。我知道我很傻，因為你仍然愛你的丈夫，但我不計較。」他輕輕把她推開，對她說：「來，我們一起推吧！」

16 海上的月色

面對鄧紅山的央求，卓律明答不上話，因為他剛才一口氣說出這許多話，卓律明還未來得及完全消化。他腦裏有太多問題，但不知從何問起。他不得不接受一點，就是鄧所說的，縱或有猜測的成分，但不可能全是他編出來。他腦裏不停閃起往日的片段，只能慨嘆：在他生命中的兩個女人，原來都隱瞞着這許多秘密。

他重複地撥妻子的兩個手機號，以及瑜伽學院的電話，但依然沒有人接聽。他也嘗試找她在瑜伽學校的拍檔 David，但他的電話響了兩聲便掛掉。這種不可告人的事，也不能隨便找別的人幫忙。他現在，只覺得一籌莫展。

他們靜默地坐着。鄧紅山突然說：「Cliff，我最後還有一件事要告訴你。桃色醜聞的女主角，Giselle，她是 Sarah 哥哥的女兒。」

「你說什麼？」卓律明不能相信自己的耳朵。鄧紅山不斷給出來的資料，實在太密集了。他真不忍再聽下去。

「對，她們兩人本是親姑姪關係，但從來很少來往，所以你並不知道她有這個姪兒。Giselle自小覺得這位姑姑脾氣有點怪異，不好親近，而且Sarah也嫌這個姪女太開放，太洋化——她在大學時還參加過什麼華埠小姐選美——所以把她歸類為反建制那種人。其實Giselle小學時也跟她姑姑Sarah一樣，在愛國學校讀書，骨子裏是個國家觀念很重的年青人。她爸爸叫周諾江，亦即Sarah的兄長。六七年那樁慘事，對周諾江的打擊也很大，只是他為人內斂，別人看不出來而已。他鼓勵女兒回香港為特區政府效力，以Giselle的才能，果然在二〇〇九年成功考進政務職系。」

「她做AO的仕途很順利，但她並不享受她的工作。作為一名前線AO，她覺得政府不夠強勢，帶領不到民意，白白坐大了一批只顧阻撓政府施政、鼓吹國家分裂的民主派。她不忍看着香港走上台灣的老路。她對香港已經很心灰，已準備隨時回美國工作。自去年年初通過了普選特首方案，除了建制派的候選人外，代表民主派的，必屬孔志憲或蔡正威其中一人，而孔志憲又被看高一線。Cliff，她非常欣賞你，覺得你是目前最適合領導香港的人選。」

「這時，已處心積慮要助你坐上特首寶座的Sarah，當然不會袖手旁觀。她斷定——而我也同意她的看法——若孔志憲上台，自決派一定如虎添翼，所以一定不能讓他選上。而唯一可行的方法，就是為他添些黑材料。於是，老死不相往來的兩姑姪，因為一個共同目標，又走在一起了。Giselle 本來就是個性觀念很開放的人，並不把這個勾當視為什麼苦差，況且孔志憲也不是個猥瑣的男人。」

「以上這些都是 Sarah 告訴我的。我沒有反對她的做法，反正這計謀不涉人命。政治這門把戲裏，更骯髒的手段也多的是。我也有向以前那些聯絡辦的朋友透露這個計劃。他們的官式反應是不置可否。回來傳話的人只是說了一句：『這個材料不到非常緊急關頭不要用上，還要確保卓和 Giselle 之間的親戚關係，絕對不能曝光。我們也從沒聽過你這話。』」

卓律明聽了之後，竟默然不語。令他詫異的事實，一個接着一個地擺到他面前，他已不知怎樣反應。他現在才明白，為什麼他有印象 Sarah 是認識 Giselle 的，又為何 Giselle 讓秦恪告訴他，這一切都不是有人指使，純粹出於她個人意願。劉主任說的「還有些行動」，也可能是指這個。

現在已接近午夜。卓律明和鄧紅山兩人已愈來愈焦躁。卓律明的手機突然響起。他一看，竟是 Sarah 打來的。

「Sarah！我找你大半天了，你究竟去哪兒了？Uncle Ben在我這裏……是的，我不知道你在做什麼，但請你一定要停手！什……麼？他沒有妄想症……喂，你先別掛掉，喂……」

他失落地望着鄧紅山。「掛掉了。她知道我和你一起，很緊張。叫我別信你說的話。我們該怎麼辦呢？」

鄧紅山沮喪地搖着頭：「太遲了，她一定已經在行動了。沒猜錯的話，過兩天將會有陸梓敬離奇失蹤的消息。我們等着瞧吧。」

這時候，卓律明的手機又響起，是武恭！

「Cliff，是我。對不起，這麼晚。請問Sarah在你旁邊嗎？那就好，請你保持冷靜。這樣的，容少明那宗案件，警方已經掌握到一些證據，很可能對你有影響。我們數個小時後便會採取行動拘捕疑犯，我們是老朋友，只是希望提早通知你和Sarah，好讓你們準備一下，消息傳出時，應該怎樣回應。」

「容少明？那個懷疑被殺害的自決派中學生？你們在懷疑是Sarah幹的嗎？」他驚惶地

和鄧紅山對看了一眼。

「你說 Sarah ?不，可是疑犯跟她的關係很密切，就是她在瑜伽學院的拍檔，一個叫 David Lam 的人。我真不明白為何會有這種怪事。現時並沒有證據顯示 Sarah 是知情的，但因為她身分敏感，肯定會惹來不必要的猜測，你們將會受到很大的牽連和壓力。所以我認為有義務預先通知你們。」

「……」卓律明拿着手機，已不知怎樣回應。

「喂，Cliff，聽見了沒？喂，你還在嗎？」

卓律明腦海裏，現在有很多問題、抉擇、判斷，在不停翻動着。他應該趁這機會，把所知的告訴武恭嗎？他估計警方有辦法追查妻子現在的行蹤，從而阻止她再犯案。但若他選擇這樣做，他的選戰大業便要馬上畫上句號了。反過來想，如果讓妻子靜悄悄的把陸梓敬去除掉，神不知鬼不覺，沒有人會懷疑到他身上的……

不，紙是包不住火的。尤其是容少明這案將會曝光。他對 David 的為人一無所知，不能假設他被揭發後，會把所有罪攬在自己身上。即使他不供出 Sarah，警方也可能有其他指向 Sarah 的證據。所以，David 被捕後，妻子，然後是自己，一定脫不了關係。

而且，他過不了自己良心這一關。若他能姑息這種罪惡，他以後還能安心當他的特首嗎？想到這裏，他開始萬念俱灰。他走了這麼長的路，幾番周折，現在終於走到山窮水盡的地步了。

他終於開口對武恭說：「喂，好武功，我告訴你，我懷疑這件案，跟 Sarah 也有關係。而且，我有理由相信，她快要幹另一宗罪行，詳細情況以後再說。我正在設法阻止她。我剛和她通電話，但不知她在哪兒。你能想辦法追尋她的行蹤嗎？」

武恭聽了這話，並沒有表示意外。「原來你也知道了。好，我早前在她的車底放置了追蹤器，但一直未啟動，現在派上用場了。」

「什麼，追蹤器？你一早已經懷疑她了？」

「你先別問。時間緊迫。見了面再跟你講。」

「好武功，我能跟你一起去嗎？我在場可能會有幫助。」

武恭想了想：「好吧。你還在辦公室嗎？我離你不遠。我來接你。」

* * *

在一部外型和一般私家車無異的警察車裏，武恭正盯着電腦屏上那個緩慢移動的紅點，踩盡了油門以高速追趕着。這兩宗案件，嚴格上來說不屬於他的職權範圍，而且他不想獨自行動，所以他已通知了有關區域的重案組同事趕快來與他們會合。

卓律明向他簡單交代了鄧紅山對他說的話。武恭說，這也是他一直擔心的事。容少明一案後，警方開始留意陸梓敬的人身安全，但未有去到要採取保護行動的階段，亦沒有收到這方面的情報。他告訴卓律明，Sarah 的車子正開往新界西北一處海岸保護區。兩車之間還有一段距離，Sarah 應該未發覺正被跟蹤。

「Cliff，我現在可以向你解釋一下，我是何時開始懷疑 David Lam 和 Sarah 的。容少明的案子，重案組那邊其實已經打算放棄了，因為掌握到的線索實在很少，但我不甘心。死者電話裏面那幾通從一家茶餐廳打出的電話紀錄，我總覺得有點不尋常。死者住九龍，茶餐廳在灣仔，他不可能打去那裏訂餐，況且電話不是打去茶餐廳，而是由那裏打出的。在茶餐廳工作的人，也沒有一個認識死者。」

「我於是決定獨自行動，到那餐廳看了一下。初時沒發現什麼，但我在街上舉頭一看，發現原來『Sarah's Yoga & Fitness Centre』就在茶餐廳樓上。我佯作詢問課程資料，到中心四處看了一下，見到中心的經理，David，林先生。即使閉路電視的影像不太清楚，但我從他的體型和步幅，一看便認出他是那夜從容少明住所走出來的那個人。然後我到茶餐廳，表明了警察身分，問他們認不認識樓上瑜伽中心那位姓林的經理。他們說他是常客，多數是來吃早餐或夜宵。我問，他可有借用過餐廳的電話？他們說不能肯定，但應該有借過一兩次，一時忘了帶手機在身，也是偶然會發生的事。這些雖都不是鐵證，但已足夠讓我們申請搜查令，和把他帶到警署問話。我肯定容少明那台電腦，一定還在 David Lam 家裏，或在瑜伽中心。我們很快就知道了。」

「原來是這樣。」卓律明低聲說。真的被鄧紅山猜中了，Sarah 是有同黨的。他跟 David 只見過一兩次面，只知道他是個頗出色的導師，以前唸工商管理，IT 方面也很熟悉。他不止和 Sarah 有共同興趣，連政治立場也相同。這廝比 Sarah 年青十歲，長得還蠻帥的，卓律明心想。Sarah 每天見這個男人的時間，肯定比我多，他們說不定已超出了同事關係……

「你是因為懷疑 David，而在 Sarah 的車上放置追蹤器嗎？我不太明白。」卓律明問。

武恭不語。良久，他才開口說：

「不完全因為這個。是因為——Cliff，對不起——我懷疑她是殺死范瀟瀟的兇手。我和 Peter 在你家吃飯那晚，就是范小姐被害當日。我在等你回家時，大約六時半，見到 Sarah 回家，她說剛到市場買了一尾海斑招待我們。我記得她當時穿得有點男性化——運動長褲、球鞋，短髮蓄在帽子裏，外面罩着一件不太合身的大號 trench coat。我當時並不太在意，但案發後，我在重案組同事那邊看到一段案發酒店的閉路電視片段。裏面一名只能看見背面的疑犯，打扮和身材和那天我見到的 Sarah 極為相似。重案組的同事一直還以為疑犯是個男的。」

「法醫官在死者的指甲縫中發現了一些皮膚組織，可能是從兇手的臉或頸部刮下的。前天，我假意說有事找你，到你家坐了一會，趁她在廚房的時候，溜到她的浴室，取走了她梳子上的幾根頭髮。離去時，順道在她車子的底盤貼上一個追蹤器。我現正等待 DNA 的化驗結果。這兩天會出來了，我準備隨時拘捕她。」

「瀟瀟……Sarah……瀟瀟……我……」

武恭突然說：「Cliff，Sarah 的車子已到達海邊，停下來了！我們不能開車過去，不然他們會發覺。我們就在這裏下車，靜靜地走過去。」

他們躡手躡腳地走過去，躲在大樹後窺看Sarah的動靜。車子停在一個廢置的碼頭上，碼頭離海面兩米左右，橋面很窄，僅堪停泊一部小車。從橋上只需把車一推，便會墮進頗深的海裏。他們看見Sarah和一個男人下了車，但車內好像還有一個人，身子在不停搖動，車身也隨之而輕微搖晃。清冷的月光傾瀉在水面，也照射在Sarah的一頭短髮上。

「果然是David Lam！」卓律明低聲驚呼。他看見妻子和這男子擁抱在一起，兩人還喁喁細語了一會。到他們準備合力把車子推進水裏時，武恭已跳了出來，從腰間拔出手槍指向兩人，大聲喊：

「別動！警察！」

他們轉過頭來，看見武恭和在他身旁的卓律明，還有隨他們趕到現場的兩個軍裝警員。David Lam馬上舉起雙手，Sarah無奈地看着丈夫。她搖着頭，雙眼佈滿紅絲，卓律明只覺得，面前站着的不是Sarah，而是一個陌生人。她對卓律明說：

「Cliff，我做的一切一切，都是為了你，我沒有……」

「你殺了范瀟瀟！」卓律明截斷了她的話，向她喝道。

「對啊！是我殺的，那又如何！」她大聲說：「我只不過是去除一個我丈夫念念不忘的女人，作為妻子的我，有什麼錯？她根本不應該來，不應該再找你。還要在這個時候！」她愈說，聲線提得愈高，最後達到了歇斯底里的地步。「Cliff，你知嗎？她的上級是個反華組織，而且又要在香港搞事，難道我不應該阻止她嗎？你說呀！你是香港特區的行政長官啊！」

她喊得聲嘶力竭，最後跌倒在地上。警員把她和 David Lam 帶了上警車，再從 Sarah 那部轎車的後座，把陸梓敬抬了出來。遠處傳來了救護車的聲音。

卓律明呆呆地站在石灘上，看着這一切，聽着妻子在警車內的叫囂聲，隨着車子遠去而漸變微弱。今晚的月亮，已升到中天。他凝望着月亮，突然感到一陣無邊無際的疲乏和寂寞，雙膝一軟，跌坐在地上。他一閉上眼，又看見自己在白日將盡的微光裏，和瀟瀟共舞……耳畔又響起了那首華爾滋節拍的老歌 The Last Waltz——

I had the last waltz with you,
Two lonely people together...

最終章

三個月後的一天

「你們應該可以找到別的同事負責吧。我參加了國際三項鐵人元老組賽事，未來幾個月要密集式訓練。還有，亞洲槍會的射擊比賽，我答應了當顧問，這段時間真的很忙。」武恭對高級助理警務處長 Gordon Chiu 說。

這個熾熱的周末上午，他們坐在警官俱樂部的池畔酒吧，享用着豐富的英式早餐。這個位於維港海傍的會所，已有幾十年歷史，即將因為一項道路工程而要拆遷了。這工程，因為司法覆核和超支的問題，拖延了將近十年。這座城市的各項公共基建工程，常給人一波三折，龜速發展的感覺。

時代的巨輪旋轉得慢，但畢竟沒有完全停下來。香港的政制發展也是同一命運，好不容易爭取到全民普選行政長官，也有兩位高質素的候選人，但都無奈相繼下馬。此事的餘波所及，正是趙處長今晨約武恭出來談的事。

從武恭的口脗和態度，趙處長有信心武恭會接受留任一年的邀請。武恭以前也有向人透露過，要他在五十幾歲的「高峰年齡」退休，實在是太浪費了。

「沒事，」Gordon Chiu 說：「你要參加啥都行。我們將會以合約形式僱用你，哪段時間需要請假，大可以預先談好。只要在明年三月大選之前兩個月開始，直至六月底領導人訪港這段時間內，盡量留守香港便可以了。這個你應該知道的。而且這一回，我爭取了額外兩個警司級的同事協助你。」

武恭點着頭，琢磨了一會。「那個基本法委員會什麼的，都走完程序了嗎？好像還要拿到人大那邊去審議的。」武恭問。

「對，因為基本法訂明特首的任期是五年，要現任特首和全體主要官員留任，是要修訂基本法的，無可避免要由國家的人民代表大會來做。但我相信這個沒問題，因為面前沒有其他選擇。下一屆的特首選不出來，只有把現任的任期延長一年了。」

「其實，孔志憲也沒有必要退選呀。卓律明退選後，就讓他自動當選好了，起碼沒有現在這番折騰。」

「武恭啊，你的武功一流，但在政治上你實在太天真了。孔也不是自願的，無奈形勢比人強。卓律明在事發後立即退選，孔營和整個泛民主派馬上大事慶祝孔志憲即將自動當選，但他們的歡樂何其短暫。社會上掀起的那場大反彈，是前所未見的，因為香港人基本上不想看見一個對妻子不忠的男人，未經過選舉的洗禮便當上行政長官。中央政府也很克制，沒有出來說三道四。雖說是選舉，但實質任命行政長官的權仍緊握在中央手中。她只需暫緩恭賀孔志憲自動當選，任由民憤不斷發酵，在民意和傳媒的壓力下，他一定知難而退。事實也果然如此。」

「是的。我老婆也有參與上街，要求孔志憲退選。人的反應有時很難預測。卓律明的妻子犯了這麼多嚴重罪行，市民反而開始同情他，因為他明顯是全不知情的，亦曾主動協助警方把她逮捕，及時救回了陸梓敬一命，可說是『大義滅親』。所以，市民都認為他唯一過錯，是娶了這樣一個精神有問題的老婆。他的政治前途就此斷送，家庭也沒了，是受傷害最深的一個。反之，孔志憲的罪過，完全是咎由自取的。」武恭說。

「對了。」Gordon Chiu 咀嚼着滿口的香腸和茄汁黃豆：「揹着這樣一個道德包袱，即使中央委任他，以後也很難獲得市民的普遍尊重和支持。還有，事發之後，他跟自決派的隱性關係，也愈來愈讓人看得見，中央哪會不知？他自忖，即使他獲中央委任，未來五年的任期也不會好過，所以無謂自討沒趣了。以後作為香港反對派的龍頭，起碼有個立錐之地。」

他放下刀叉，用餐巾抹了抹嘴，然後問武恭：「你的老朋友最近怎麼了？」

「他去了美國之後，有一段時間沒聯絡我了。他臨走前告訴我，他以前那家公司要把他拉回去，但他還沒決定下來，要先休息一段時間。他說，心情還未能完全平復下來。」

「那也難怪。這一連串不尋常的事，發生在誰的身上，也很難以置信。」Gordon Chiu 慨嘆。

「那幾件案子，除了陸梓敬的綁架和謀殺案之外，另外兩宗他不需協助調查。周諾雲雖然認了罪，但她的律師以她精神不健全為由，要求法庭輕判，有關聆訊還未排期。卓律明寫了求情信，但法庭仍有可能傳召他，所以他還可能要回來一次。」

「唉，大好的前途就此沒了，真可惜。香港不知何時再會出現一個像他那樣的人了。現時建制派的陣營中，真的沒幾個讓人看得上眼。好武功，要麼你出來選唄。你最近人氣爆燈，就乘着這個勢頭，有勝算的。香港人需要一個英雄。」

「你少廢話。」

「這當然是廢話了。你跑去選特首，是香港人之福，但我可少了一個能繼續領導號角小組的人了。」他舉起了盛橙汁的杯子：「好武功，我這就當你答應啦！」

武恭也舉起了杯子，跟他一碰。老婆還剛拿了些地中海郵輪假期的資料，他現在盤算着，回去不知怎樣跟她交代。

獨舞黃昏

作　　者：楊立門
出版經理：林瑞芳
責任編輯：蔡靜賢
編　　輯：Toby
協　　力：羅文彧
封面設計：Bed
美術設計：盛達
出　　版：明窗出版社
發　　行：明報出版社有限公司
　　　　　香港柴灣嘉業街 18 號
　　　　　明報工業中心 A 座 15 樓
電　　話：2595 3215
傳　　真：2898 2646
網　　址：http://books.mingpao.com/
電子郵箱：mpp@mingpao.com
版　　次：二〇一八年七月初版
I S B N：978-988-8445-91-2
承　　印：美雅印刷製本有限公司